Walther Hohenester

Tödliches Salz

Originalausgabe – Erstdruck

Walther Hohenester

Tödliches Salz

Würmtal-Krimi

Kommissar Hofbauers vierter Fall

Schardt Verlag Oldenburg

Bibliographische Information der Deutschen Bibliothek:

Die Deutsche Bibliothek verzeichnet diese Publikation in *Der Deutschen Nationalbibliografie*; detaillierte bibliographische Daten sind im Internet über *http://dnb.ddb.de* abrufbar.

Umschlagphoto: Rainer Griese

1. Auflage 2008

Schardt Verlag
Uhlhornsweg 99a
26129 Oldenburg
Tel.: 0441-21779287
Fax: 0441-21779286
Email: schardtverlag@t-online.de
www.schardtverlag.de
Herstellung: Fuldaer Verlagsanstalt

ISBN 978-3-89841-383-1

»Maria Eich ist ein frommes Fleckchen«, Kriminalhauptkommissar Hofbauer brachte seinen Dienstwagen zum Stehen. »Bist du schon mal in Maria Eich gewesen?«

Anita, die junge Mitarbeiterin des Kommissars, schüttelte den Kopf. »Fromme Fleckchen liegen mir nicht«, antwortete sie. »Ich fürchte, mir fehlt die notwendige Begabung dazu.«

Der Kommissar bog nach links in den Weg zum Planegger Bahnhof ein. »Unser Altenheim!« Er deutete mit dem Finger auf ein stattliches Gebäude. »Man wird mit Leichtigkeit hundert Jahre alt in seinen Mauern.«

»Ich weiß nicht, ob das so erstrebenswert ist.«

»Warum nicht? Man hat die gute Luft des Würmtals, die S-Bahn nach München ist in der Nähe, und es sind nur ein paar Meter zur kleinen Kapelle.«

»Und was macht man da?«

»Also hör mal! Man betet. Und man wirft ein Zehnerl in eine Box, und es erscheint ein Engerl. Schon seit ewigen Zeiten.«

»Wie das bei himmlischen Wesen so üblich ist.«

»Korrekt.«

Hofbauer hielt den Wagen ein zweites Mal an, kurz vor dem rotweißen Band, das man quer über den Weg zu den Parkplätzen gespannt hatte. Sie stiegen aus.

Ein Beamter in grüner Uniform hob seine Mütze etwa zwei Zentimeter vom Kopf und setzte sie wieder auf.

»Hallo Lederer! Immer auf Achse?«

Der Landpolizist nickte. »Drei Einbrüche in leerstehende Villen, fünf Navigationsgeräte aus abgestellten Autos geklaut. Alles in einer Nacht. Und jetzt auch noch ein Mord!«

Er wies auf den silbergrauen Smart, der in der Mitte der Umgrenzung stand. Die Türen des kleinen Gefährts standen offen, auf dem Fahrersitz saß eine weibliche Gestalt, leblos, mit dunkelblondem Haar.

»Fröhliche Weihnachten!« Ein dicklicher, sich betont leutselig gebender Mensch tauchte auf.

»Gestatten, Hönninger. Ich bin der Notarzt hier. Die Landpolizei hat mich angerufen. Leider.« Er lächelte schmerzlich. »Die Frau wurde erwürgt, da gibt es gar keinen Zweifel.«

Sie gingen um das Auto herum. Dort stand Zinner, der schon seit Jahren wie ein Pilotfisch Lederer begleitete, und der auch diesmal zur gleichen Zeit Dienst schob wie sein älterer Kollege.

»Guten Morgen!«

Hofbauer erwiderte den Gruß, sah zur Uhr. Es war genau acht Uhr und zwölf Minuten.

»Unsere Spezialisten sind schon unterwegs.«

»Es ist kalt!« Die Feststellung des jungen Beamten paßte nicht unbedingt zu Hofbauers Worten.

»Für die Jahreszeit zu warm«, widersprach Anita.

»Vielleicht gibt's bald Schnee?« Zinner schien mit seinen Gedanken auf dem Zugspitzplatt oder auf einem der anderen beliebten Münchner Skiabfahrten zu sein, nur nicht an Ort und Stelle.

»Leider schneit's heuer nicht, das weiß ich genau.«

»Ich fürchte, es schneit überhaupt nie mehr.«

»Möglich.«

Hofbauer betrachtete die Frau in dem Auto, er schätzte sie auf etwa dreißig Jahre. Sie war auffallend blaß, modisch gekleidet, eine Spur in Richtung Mannequin oder Model, obwohl da, wie der Kommissar überlegte, kein großer Unterschied bestand.

Die Frau war hübsch, mit einem etwas altmodischen Wort ausgedrückt: adrett, auch jetzt noch, im Tod. Nur ihre weit aufgerissenen Augen paßten nicht ins Bild. Die Würgemale vorne an ihrem Hals konnte man deutlich erkennen.

»Das Gesicht ist blau angelaufen«, sagte der Notarzt. »Der Tod ist schon vor einigen Stunden eingetreten.«

»Unsere Leute werden das genauestens überprüfen.«

»Natürlich!«

Hofbauer ging zum Heck des Wagens und kontrollierte die Autonummer. Lederer, der sich bereits in seinen Streifenwagen zurückgezogen hatte, kam eilig herbei.

»Der Smart ist auf eine gewisse Linda Cordes zugelassen«, meldete er. »Habe ich grade über Funk erfahren. Linda Cordes, Würmgasse 12, hier in Planegg.«

»Na, das ist ja immerhin schon etwas.«

Lederer grinste zufrieden.

Ein Kleinbus erschien, weiß gekleidete Männer stiegen aus, in ihrer Mitte ein Photograph, der sofort seine Kamera zückte. Die Männer nickten Hofbauer zu, umkreisten das Unglücksauto, so als wollten sie es daran hindern, wegzufahren.

Der Pathologe, ein gelehrt aussehender Mann in den Fünfzigern, reichte Hofbauer die Hand. Er sah zu der kleinen Kapelle hinüber, die verträumt auf einer Lichtung stand. »Schöne Gegend. Wenn man davon absieht, daß es auch hier unsere Spielverderber gibt.«

»Man wundert sich immer wieder.«

»Denkst du noch an den vergangenen Herbst? An die Marktplatzgeschichte? Oder an die liebliche, kleine Brücke über das liebliche, kleine Flüßchen Würm, in dem tote, alte Männer liegen?«

»Wir haben uns in allen Fällen recht wacker geschlagen«, sagte Hofbauer.

»Wir haben den Ball flachgehalten und hoch gewonnen!«

»Nur keine falsche Bescheidenheit!«

Hofbauer feixte, dann machte er den Pathologen mit Doktor Hönninger bekannt. Der Gerichtsmediziner begann mit seiner Arbeit, die Leute der Spurensicherung walteten ihres Amtes, routiniert und kühl und nur scheinbar desinteressiert.

Hofbauer ging zu Lederer hinüber, der ein wenig verloren neben seinem grünen Auto stand.

»Hast du einen Tropfen Kaffee dabei?«

»Kaffee leider nicht, aber Tee vom feinsten.«

Der Hauptwachtmeister kramte eine Plastiktüte aus dem Wagen, entnahm der Tüte eine Thermosflasche und füllte den abgeschraubten Becher mit einer recht dunkel aussehenden Flüssigkeit.

»Vorsicht, heiß!«

»Danke.« Hofbauer umfaßte den Becher mit den Fingerspitzen, pustete und blies, dann süffelte er den Tee in kleinen Schlucken.

»Möchtest du auch mal probieren?«

»Klar.« Anita bedankte sich mit einem bezaubernden Lächeln.

Ein paar Minuten lang hörte man nur das geschäftige Murmeln der Männer in den Plastikschläuchen. Eine S-Bahn rauschte vorbei, hielt am Bahnhof und machte sich weiter auf den Weg Richtung Starnberger See.

Der Pathologe trat auf sie zu, mit ernstem Gesicht.

»Die Frau wurde erwürgt, das ist an den charakteristischen Blutunterlaufungen leicht zu erkennen. Vermutlich hat sie sich gewehrt, wir sollten das genauestens untersuchen, möglicherweise hat sie Hautpartikel des Täters unter ihren Fingernägeln.« Er dachte kurz nach. »Der Tod ist vor mindestens drei bis vier Stunden eingetreten.«

»Meine Meinung!« Der Notarzt, im Schlepptau des Kollegen aus der Stadt, nickte heftig mit dem Kopf. »Ich hab das von Anfang an gesagt.«

»Stimmt«, bekräftigte Hofbauer.

Ein Mann der Spurensicherung kam auf sie zu, wie ein Astronaut im Meer der Stille.

»Es hat sich gelohnt«, sagte er, hielt eine lederne Handtasche in die Höhe und gab sie dem Kommissar. »Lag vor dem Auto, offen. Der Inhalt wahllos verstreut. Wahrscheinlich hat der Mörder irgendwas gesucht.«

»Geld?«

»Glaub ich nicht. Wir haben über dreihundert Euro gefunden, in Scheinen. Und ein paar Münzen Kleingeld. Vermutlich war es das hier. Ich frag mich nur, warum der Kerl es dann nicht mitgenommen hat.«

Er zeigte eine der amtlichen Plastiktüten, in der zehn kleine, runde Tabletten steckten.

»Ecstasy!« sagte der Mann. »Wenn mich nicht alles täuscht.«

Hofbauer betrachtete die Tabletten, in deren Mitte ein winziger Stempel in Form eines seltsamen Blattes aufgedruckt war. Er winkte Lederer zu sich. »Was sagst du dazu?«

Lederer nahm das Tütchen, drehte es mehrmals hin und her und gab es schließlich wieder zurück.

»Ecstasy«, erklärte auch er. »Eindeutig. Den Stempel kenne ich. Haben wir schon ein paarmal gehabt.«

»Wo?«

»Nun ja, bei den Jugendlichen, die in die Stadt fahren.«

»Und wie steht's mit den Kids, die brav im Würmtal bleiben?«

Man sah es dem Planegger Beamten an, daß er sich die Antwort genau überlegte.

»Wir haben die Szene hier recht gut im Griff«, meinte er schließlich zögernd. »Wir kümmern uns um die wenigen, sagen wir mal, schwarzen Schafe. Andererseits«, er kratzte sich unter seiner Mütze, »was auf den Privatpartys passiert, können wir natürlich kaum kontrollieren.«

»Besser ausgedrückt, gar nicht?«

»Mit Verlaub, das haben Sie gesagt!«

Hofbauer nickte.

»Hast du eine Ahnung, wo das Zeug herkommt?«

»Nein. Tut mir leid.«

»Und der Stempel, dieses Blatt?«

»Ist das Blatt eines Gingko-Baums.« Lederer war froh, endlich eine positive Antwort geben zu können. »Haben wir inzwischen herausgefunden. War nicht einfach.«

»Ginkgo biloba«, ergänzte der Pathologe, der untätig dagestanden hatte. »Ich hab mal ein paar Semester Botanik studiert.«

»Respekt.«

»Na ja, in Wirklichkeit waren es nur zwei.« Er winkte bescheiden ab.

Der Mann der Spurensicherung brachte sich wieder in Erinnerung.

»Wir haben keinen Ausweis finden können. Und keinen Führerschein. Dafür jede Menge Lippenstifte, Taschenspiegel, Bleistifte.«

»Augenbrauenstifte vermutlich«, korrigierte Anita.

»Die Frau heißt Linda Cordes«, sagte Hofbauer. »Sie wohnt hier in Planegg. Kollege Lederer hat das schon eruiert.«

»Dafür haben wir das hier noch entdeckt.« Der Mann ließ sich nicht beirren. »Lag mitten auf dem Beifahrersitz.« Er reichte dem Kommissar ein kleines, durchsichtiges Paket.

Hofbauer zog seine Schutzhandschuhe an, öffnete das Paket, entnahm ein winziges Stäubchen mit Daumen und Zeigefinger. Er roch daran, berührte es mit der Spitze seiner Zunge.

»Leise rieselt der Schnee«, sagte Anita.

»Keineswegs!« Hofbauer war mehr als verblüfft. »Ihr werdet es nicht glauben«, er fuhr sich noch einmal prüfend mit der Zunge über die Lippen, »das schmeckt nach Salz! Nach ganz ordinärem Salz!«

»Vielleicht ist es ganz ordinäres Salz, Chef?«

Der Kommissar gab das Paket zurück.

»Prüfen Sie alles im Labor, zusammen mit den Schminksachen und den Bleistiften.«

»Den Augenbrauenstiften!« verbesserte Anita.

»Meinetwegen.«

Der Mann ließ seinen Fund in eine Tüte fallen und gesellte sich wieder zu seinen Kollegen. Doktor Hönninger klemmte sein Arztköfferchen unter den Arm. Er drückte dem Pathologen ein Formular in die Hand. »Kein natürlicher Tod der Linda Cordes, ich habe es vermerkt. Wenn Sie mich wieder mal brauchen sollten«, er lächelte süffisant, »ich bin immer für Sie da.«

Damit stieg er ein wenig mühsam über die aufgespannte Banderole und ging zu seinem Auto. Sekunden später war er verschwunden.

Aus Richtung des Altenheims erschienen Menschen, die Gesichter voller Neugier, in dicke Mäntel gehüllt, Hut oder Mütze auf den Köpfen, Spazierstöcke in der Hand. Ein älterer Herr schritt rüstig, im Wiegeschritt eines Walkingsportlers, an der Spitze der Expedition. Vor der Umgrenzung machten sie Halt.

»Was ist geschehen?« fragten sie. »Ein Unfall? Wir haben die Sirene gehört.«

Mit kurzen Worten gab Anita Bescheid.

Die alten Leute reagierten verstört. »Ach Gott, die Ärmste!« riefen sie und »Ausgerechnet hier muß so etwas geschehen, ganz in unserer Nähe!«

Eine Dame sagte, sie sei Krankenschwester gewesen, ob sie helfen dürfe?

»Da kannst du nicht mehr helfen, Frieda«, antwortete der sportliche ältere Herr. Und er gab zu bedenken, daß es in Zukunft wohl nicht ungefährlich sei, sich alleine in der Nähe des Tatorts aufzuhalten. Noch ehe Anita eingreifen konnte, war er unter der Banderole hindurchgekrochen und zu dem Smart gelaufen.

»Halt! Keinen Schritt weiter!«

Zinner packte den Eindringling nicht eben schonend am Ärmel. Der alte Mann warf einen kurzen Blick auf die Tote, dann rief er erschrocken: »Aber das ist ja Laureen!«

»Sie kennen die Frau?«

»Natürlich. Es ist Laureen. Sie arbeitet in Pasing. Im Haarstudio am Bahnhof. Wie es heißt, hab ich allerdings vergessen.«

Es dauerte eine Weile, bis er sich gefaßt hatte. Dann sagte er: »Ich fahre immer nach Pasing zum Haareschneiden. Man muß pflegen, was man hat. Auch wenn es nicht mehr allzu viel ist.«

Trotz des Ernstes der Situation spielte ein selbstironisches Schmunzeln um seine Lippen, als er auf seine in der Tat nur noch in Spuren sichtbaren Locken wies. »Übrigens, ich bin Joseph Klein, Rentner, und das hier drüben ist meine Gattin.«

»Angenehm.« Hofbauer sandte einen flüchtigen Blick zu der Gruppe hinter der Absperrung. Die Frau namens Frieda fabrizierte ein verhaltenes Winken.

»Zur Sache!« Hofbauers Stimme klang strenger, als er wollte. »Nach unseren Recherchen ist das hier Linda Cordes. Wie kommen Sie auf Laureen?«

»Vielleicht ein Künstlername?« vermutete Anita.

Der Rentner zuckte die Achseln.

»Möglich. Wissen Sie«, er fing auf einmal an zu nuscheln, »in diesem Haarstudio sind in der Tat sehr nette Mädchen zugange. Sie bieten Wein an oder Prosecco, wenn man kommt. Und sie massieren die Kopfhaut, ungemein wohltuend. Wenn Sie mal Zeit haben ...«

»Ich habe wenig Zeit!«

»Schade.«

Ein Kombi hielt am Straßenrand, kurz darauf erschienen die Männer mit dem unvermeidlichen Blechsarg. Der Pathologe sagte, das passe wunderbar, er sei fürs erste fertig.

»Sie bekommen unser genaues Gutachten leider erst nach den Feiertagen, wir sind auch nur Menschen.«

Damit verschwand er in seinem Wagen.

Die Gestalten in den weißen Schutzanzügen aber gaben sich noch nicht zufrieden. Unermüdlich fahndeten sie nach verborgenen Spuren. Im Auto, außerhalb des Autos und im Umkreis von gut hundert Metern.

Linda Cordes alias Laureen wurde aus ihrem Smart gehoben und in die Wanne gelegt. Mit einem kleinen, unsensiblen Knall fiel der Deckel zu.

»Alleine fängt man an, und alleine geht man fort. So ist das Leben.« Joseph Klein seufzte tief.

Der Kommissar, der nicht die geringste Lust hatte, melancholisch zu werden, zog sein Notizbuch aus der Tasche und notierte sich die Adresse von Laureens Haarstudio.

»Ich wohne im Altenheim«, erklärte Joseph Klein. »Zimmer Nummer 34. Heute nachmittag gehen wir, Momentchen mal, Frieda, wo gehen wir heute nachmittag hin?«

»Nach Maria Eich!«

»Ach ja, rüber nach Maria Eich. Wir haben nämlich so eine Art Club gebildet, einen Wanderclub. Man muß sich fit halten, sag ich immer. Diesen Platz aber«, er machte eine weit ausholende Handbewegung, »werden wir künftig tunlichst meiden.«

»Warten Sie!«

»Was gibt's denn noch?«

Hofbauer hatte beschlossen, ein wenig nachzuhaken. »Wie gut kannten Sie Linda Cordes? Oder Laureen, wie Sie wollen.«

Der Rentner lächelte milde. »Wie man seine Friseurin halt so kennt. Sie ist eine tüchtige Frau. Überhaupt nicht launisch, immer gut aufgelegt.«

»Kommst du endlich, Joseph?« Die Gattin wurde hellhörig. Der Angesprochene aber rührte sich nicht.

»Laureen hat mal was von einem Bekannten erzählt, glaube ich. Wohnt am Ammersee. Oder am Chiemsee.«

»Und wie hieß der Bekannte?«

»Ich kenne den Chiemsee sehr gut, wir haben dort geheiratet, meine Frieda und ich. Anno 1952. Hat uns ein Vermögen gekostet. In der Linde, auf der Fraueninsel. Leider war den ganzen Tag Gewitter mit Donner und Blitz.«

»So ein Pech!«

»Jetzt muß ich aber. Wenn Sie uns mal besuchen wollen, wir würden uns freuen.« Joseph Klein murmelte etwas, das nach »angenehme Feiertage« klang, dann gesellte er sich wieder zu seiner Wandergruppe.

Hofbauer bat Lederer und Zinner dazubleiben, bis das Tatauto abgeholt werden würde.

»Es dauert nicht lange«, tröstete er.

»Eine Stunde?«

»Höchstens.«

Er verabschiedete sich von den Spezialisten und von den Beamten in Grün.

»Wir bleiben in Verbindung.«

»Selbstverständlich«, antwortete Lederer.

»Frohes Fest!«

»Danke gleichfalls! Unsere Schicht geht bis zwölf Uhr dreißig. Da machen wir's uns so richtig gemütlich in unserem Dienstwagen. Wir singen ›Oh Tannenbaum‹.«

Und in einer unsichtbaren Wolke aus Galgenhumor verschwanden die beiden im Inneren ihrer fahrbaren Behausung.

Der Kommissar ging mit Anita Richtung Bahnhof, sie durchquerten die große Unterführung, machten Halt vor dem kleinen Café.

»Ich lade dich ein zu einem Croissant«, Hofbauer öffnete die Tür. »Und weil heute Montag ist, auch zu einem Heißgetränk deiner Wahl.«

»Das ist aber nett!«

Sie setzten sich an einen der Tische, beobachteten den Omnibus, wie er elegant das kleine Rondell, draußen auf dem Vorplatz, umrundete und sich dann wieder auf seine amtlich festgesetzte Reise begab.

Ein Taxi hielt vor dem Bürgersteig, ein wichtig aussehender Mann im dunklen Anzug stieg aus, zahlte, das Handy am Ohr, und lief schwungvoll weiter, um sich eine Zeitung zu kaufen.

Hofbauer betrachtete ihn schweigend.

»Ich hab's!« Triumphierend klopfte er mit der Faust auf den Tisch. »Jetzt weiß ich, was gefehlt hat!«

»Was?«

»Das Handy! Lindas Cordes hatte kein Handy dabei!«

Der Mann bezahlte, drehte sich in Richtung der beiden Kriminaler um, immer noch telephonierend, so als wollte er noch einmal deutlich machen, worauf es anzukommen schien.

»Kann es sein, daß eine gutaussehende, junge Frau heutzutage ohne ihr kleines Telephon unterwegs ist?« Hofbauer gab sich selbst die Antwort. »Nein. Das ist unmöglich. Oder irre ich mich?«

»Wohl kaum.«

»Gut. Dann wurde das Ding gestohlen. Aus der Handtasche. Damit wir die eingetippten Telephonnummern nicht finden sollen.«

»Der Mörder ist schlau.«

»Und stammt mit ziemlicher Sicherheit aus dem Bekanntenkreis der Cordes.«

Anita nickte. »Vielleicht war seine Nummer ebenfalls auf dem Handy?«

»Das ist anzunehmen. Wenn unsere Theorie stimmt, hat der Bursche das Telephon längst vernichtet.«

»Könnte es auch ein weiblicher Bursche sein?«

»Frauen haben ihre eigenen Methoden, jemanden umzubringen.«

»Wie die Erfahrung lehrt!« Anita war nahe daran, ihre berüchtigten grünen Augen zu bekommen.

Der Kaffee wurde gebracht, zusammen mit je einem Croissant. »Nett, daß Sie mal wieder da sind, Herr Kommissar, privat oder dienstlich? Schneit's heuer noch, Herr Kommissar? Ja oder nein?« Die etwas rundliche Bedienung strahlte über das ganze Gesicht.

Sie kauten schweigend, übersahen das Strahlen ohne böse Absicht. Betrübt zog sich die Bedienung wieder hinter ihre Illustrierten und Zeitungen zurück.

»Was wissen wir von Linda Cordes?« fragte Hofbauer und streute nachdenklich den Zucker in seinen Kaffee.

»Sie hat Ecstasy genommen. Oder gedealt. Oder beides.«

»Wir fahren in die Würmgasse 12. Und dann zu diesem Friseursalon in Pasing.«

»Friseure haben montags geschlossen.«

»Wir werden sehen.«

Hofbauer bestellte sich noch ein weiteres Croissant. Seinen fragenden Blick beantwortete Anita mit einem energischen Kopfschütteln.

»Du hast es gut.« Der Kommissar brach das Backwerk in der Mitte durch, legte es auf den Teller zurück. »Dein Sohn ist noch klein. Meiner ist schon groß. Meint er jedenfalls.«

Hofbauer sprach jetzt mehr mit seiner leeren Kaffeetasse. »Wer weiß? Vielleicht nimmt er auch Ecstasy? Kann doch sein?«

Er schob die Tasse hin und her, drehte mit dem Zeigefinger den Henkel vor und zurück, vor und zurück.

»Bastian säuft Alcopops, seine Mutter hat's mir erzählt. Er feiert Flatrate-Partys mit seinen sogenannten Freunden. Neulich hatte er über zwo Promille, er war zugeknallt bis zur Bewußtlosigkeit.«

Anita schwieg.

Die Bedienung hinter der Theke blätterte zerstreut in einem Lifestyle-Magazin. Zwei Hausfrauen schleppten ihre Einkaufstaschen durch die Tür und setzten sich in eine Ecke.

»Man hat ihn ins Klinikum gebracht und eine Nacht lang dabehalten. Er war aber nicht sehr beeindruckt. Schien eher stolz zu sein auf seine Heldentat.«

»Woher wissen Sie das, Chef?«

»Was?«

»Das mit Ihrem Jungen. Daß er stolz war, meine ich.«

»Wie?« Hofbauer zog seinen Geldbeutel aus der Jackentasche. Die Bedienung kam, er zahlte, sie wechselten ein paar Sätze über den schleppenden Christbaumverkauf, jaja, man würde das immer noch machen nebenbei, viel Arbeit, die anspruchsvollen Kunden, ein Glück, daß man die Bäume noch nicht per Internet kaufen könne. Auf Wiedersehen, Herr Kommissar, auf Wiedersehen, die Dame!

Sie gingen durch die Unterführung zurück zu ihrem Wagen.

Die Spezialisten waren nicht mehr da, auch der Smart war inzwischen verschwunden. Lederer und Zinner hatten also Glück gehabt und nicht allzu lange warten müssen.

»Die Würmgasse 12 liegt unten an der Würm«, erklärte Hofbauer, »wie nicht anders zu erwarten war.«

Sie stiegen ein, der Kommissar steckte den Zündschlüssel ins Schloß. Ein Bruder des geschäftigen Omnibusses schlich vorbei, hielt an der Ampel, ein paar Meter vor dem Altenheim. Die Ampel sprang auf grün, und der Bus setzte sich in Bewegung.

»Die Sache mit Bastian«, Hofbauer bog ein ganz klein wenig zu schnell in die Germeringer Straße ein, »also, diese Sache mit meinem Sohn, mit den Flatrate-Partys, die geht dich eigentlich gar nichts an!«

Tagebuch, 20. Dezember

Es war nicht schwer. Ich habe ein wenig nachgeholfen, es mußte sein. Was kann ich dafür, wenn zehntausend nicht anschlagen bei ihr? Ich hatte kein Mitleid, als es ihr immer schlechter ging, nicht die Bohne.

Doch, es war fürchterlich! Aber was soll ich machen? Sie hat mich angesehen, den Blick werd ich nie vergessen!

Sie hat ihre Strafe verdient!

Bin ich zufrieden? Nein!

Deshalb gebe ich nicht auf. Ich schwöre es. Ich werde ihnen zeigen, wie man's macht!

Er *aber ist ahnungslos.*

Geduld! Geduld!

Sie fanden das Haus nicht sofort, weil es sich hinter einem verlassenen Sägewerk verborgen hatte. Ellenlange Baumstämme lagen herum, Bretterstapel, verrostete Maschinen mit immer noch gefährlich aussehenden Sägezähnen. Auch ein paar hölzerne Lastschlitten aus vergangener Zeit.

»Als ich klein war, haben wir hier Räuber und Schandi gespielt«, sagte Hofbauer. »Räuber und Schandi, kennst du das? Ich war schon damals immer bei den Schandis, bei den Gendarmen, bei der Polente, wie die Berliner sagen. Es roch immer so herrlich nach frischem Holz. Ich hatte den Duft noch tagelang in der Nase, nach jedem Besuch.«

Er stieg aus, fing an zu schnuppern.

»Es duftet nicht mehr. Ist ja auch schon eine Zeitlang her. Ich möchte wissen, was mit dem verlassenen Paradies hier geschehen wird. Kein Mensch zu sehen. Die alte Mühle dort drüben, the old mill, ich war mal in Irland, da gab es auch so eine Rarität. Sag mal«, er beugte sich nach unten, »willst du nicht mitkommen?«

»Nein.«

»Warum nicht?«

»Ich überlege, ob ich nicht sofort meinen Weihnachtsurlaub nehmen soll. Ich überlege außerdem, ob mich Ihre Erinnerungen an den Geruch des alten Holzes etwas angehen oder nicht. Ihrer Meinung nach.«

Der Kommissar setzte sich wieder an seinen Platz zurück.

»Ich bin ein empfindlicher alter Knabe«, sagte er nach einer Pause. »Aber du, liebe Frau Kollegin, bist eine Mimose. Manchmal. Jetzt zum Beispiel.«

Er drehte den Knopf des Radios an, es ertönte weihnachtliche Volksmusik, mit weihnachtlichem Dullijöh, gesungen von weihnachtlich klingenden Buam und Madln. Er brachte die Musik zum Schweigen.

»Ich hab gesagt, meine Probleme mit Bastian gehen dich nichts an. Okay! War Blödsinn. Sehe ich ein. Hätt ich nicht sagen sollen.« Hofbauer drehte den Zündschlüssel herum und fuhr noch ein paar Meter näher an das Haus heran.

»Sei froh, daß dein Bub noch so klein ist. Ich hab das schon mal gesagt, ich weiß. Zum Kuckuck, aber soll ich ihn einsperren?«

Sie saßen in ihrem Auto, betrachteten das Haus Würmgasse 12, einen niedrigen, nicht sehr gepflegten Schuppen. Ganz dicht an dem teilnahmslos vorbeifließenden Bach mit den Weiden an den beiden Ufern.

»Es klingt komisch«, sagte Anita, »aber was Ihren Bastian betrifft: In diesem, tut mir leid, Chef, in diesem doofen Alter, da hilft manchmal nur beten. Vielleicht in der Kirche von Maria Eich? Wie war das gleich wieder mit dem kleinen Engerl?«

Hofbauer stieg wortlos aus, zum zweiten Mal, und stapfte wortlos auf den Eingang zu. Er klingelte.

Ein Mann, etwa dreißig Jahre alt, tauchte aus dem Inneren des Hauses auf, in Jeans und Polohemd, einen dicken Schal um den Hals. Ein paar Sekunden lang sahen sie sich durch die Glasscheibe an, dann öffnete er die Tür.

»Was wollen Sie?«

»Kripo München«. Der Ausweis trat in Aktion. »Darf ich reinkommen?«

»Keine Ahnung.«

Der Mann schlurfte zu einem kolossalen Gemälde, auf dem nichts anderes zu sehen war als ein schwarzer Fleck. Die Tür war offen geblieben, also betrat auch Hofbauer den Raum, den man mit ein wenig gutem Willen als Atelier bezeichnen konnte.

Auch Anita erschien, mit einem kleinen, gewinnenden Lächeln.

»Herr Cordes?« fragte Hofbauer. »Ich habe draußen kein Namensschild gesehen.«

»Sie können keines gesehen haben. Es ist nämlich gar keines da.«

»Sehr witzig!« Anitas Augen funkelten wie zwei frisch geputzte Smaragde.

»Ich bin der Rainer«, kam es zögernd aus der Richtung des Schals.

»Nachname?«

»Liebig. Ich bin der Rainer Liebig. Nicht der Rainer Cordes. In Ordnung?«

»Fürs erste, ja.«

Der Mann setzte sich an einen Tisch und begann, sich eine Zigarette zu drehen. Hofbauer nahm den Faden wieder auf: »Aber Sie kennen Linda Cordes?«

»Klar!«

»Sie wohnt hier, stimmt's?«

»Klar!«

»Wo waren Sie heute früh, etwa um fünf Uhr?«

»Wie bitte?«

Geduldig wiederholte der Kommissar seine Frage. Liebig leckte das Zigarettenpapier ab, klebte es fest und steckte den fertigen Glimmstengel in den Mund. Suchend blickte er sich um.

»Ich bräuchte ein Feuerzeug.«

»Jetzt passen Sie mal auf!« Hofbauer nahm einen Stuhl und setzte sich Liebig gegenüber.

»Linda Cordes wurde heute früh ermordet, erwürgt, um genau zu sein. In der Nähe des Planegger Altenheims. In ihrem Smart. Wo waren Sie um diese Zeit, Herr Liebig?«

Die Zigarette fiel auf den Tisch, der Mann mit dem Schal fing an zu husten.

»Wo waren Sie heute früh um fünf?«

Liebig schluckte, riß den Schal herunter, wickelte ihn erneut um seinen Hals.

»Moment!« Er goß sich Wasser in ein Glas, mit nicht sehr ruhigen Händen. Als er getrunken hatte, konzentrierte er sich auf die Frage des Kommissars. »Ich war im Bett. Bin eben erst aufgestanden. Ich hab Asthma, sehr schweres sogar.«

»Ist Linda Cordes Ihre, nun ja, Geliebte?«

»He, wie kommen Sie denn auf sowas? Ich bin ihr Untermieter. Zahle monatlich dreihundert Piepen.«

»Ach ja?«

»Ich bin arm wie sonst irgendwer. Wenn ich Hunger hab, fang ich einen Fisch in der Würm. Oder schieß mir eine Amsel. Ich spiel so'n bißchen Jäger und Sammler.«

»Sie besitzen ein Gewehr?«

»Ein Luftgewehr. Über Ebay ersteigert.«

»Sie haben also doch Geld?«

»Wenn ich ein Bild verkaufe, ja.«

Liebig deutete auf die Gemälde, die herumstanden und die ebenfalls mit riesigen Flecken bedeckt waren, allerdings in rot und in gelb. Hofbauer grübelte darüber nach, wer wohl diese bunten Kleckse kaufen würde.

»Wie lange wohnst du denn schon hier?« mischte sich Anita in das Gespräch ein.

»Ein halbes Jahr.« Liebig hob die Zigarette, die ihm aus dem Mund gefallen war, wieder auf. »Sag mal, ist das ein Verhör oder was?«

»Kein Verhör, nur eine Befragung.«

»Aber dein Chef hier meint, ich bin verdächtig oder so.«

»Der Chef erkundigt sich nur so ein bißchen«, sagte Hofbauer mit frommem Gesicht.

»Darf ich mich auch mal erkundigen?«

»Meinetwegen.«

Der junge Mann nuckelte an seiner noch immer nicht angezündeten Zigarette. Nahm gierig zwei oder drei Schluck Wasser. »Linda ist tot. Hab ich das richtig verstanden? Wer hat sie auf dem Gewissen?«

»Wenn wir das wüßten, wären wir nicht hier.«

»Super.«

Eine erneute Suche nach Feuerzeug oder Streichhölzern begann.

Hofbauer sah geduldig zu. »Besaß Frau Cordes ein Handy? Wissen Sie das?«

»Klar hatte sie eins. Sie hat's immer mit sich rumgeschleppt, Tag und Nacht. Ich selber hab leider keins. Ich brauch auch keins. ›Keine Sau ruft mich an!‹ Toller Song, übrigens.«

»Was war das für ein Handy?«

»So ein schwarzes, mit so ner Kordel dran.«

»Hat sie Feinde gehabt?«

»Linda war ne super Frau. Sie hat mir immer die Haare geschnitten. Kostenlos.«

»Ob sie Feinde gehabt hat, will ich wissen.«

»Irgendwelche Blödmänner, die ihr an die Wäsche wollten?« ergänzte Anita.

»Keine Ahnung.«

»Du bist in der Tat eine große Hilfe.«

Achselzuckend setzte sich Liebig auf sein Bett. Er sah Anita aus seinen wäßrigen Augen an, die Zigarette im Mundwinkel.

»Linda ist tot. Ich faß es einfach nicht. Und ich hab Asthma.«

»Was hat denn dein Asthma mit Linda Cordes' Tod zu tun?«

»Keine Ahnung.«

Hofbauer fragte: »Was wird jetzt aus der Wohnung, dem Haus? Sag jetzt bitte nicht wieder ›Keine Ahnung‹!«

»Ich hab aber wirklich keinen Dunst«, murmelte Liebig. »Linda hat keine Verwandten oder so, ich weiß jedenfalls nichts davon. Vielleicht krieg ich die Wohnung. Wär doch super, wenn ich die Wohnung kriegen könnte!«

»Hör mal, wie naiv bist du eigentlich?«

»Ich? Wieso?«

Hofbauer erhob sich.

»Lügen bin ich gewöhnt. Aber Dummheit tut weh.« Er betrachtete die blasse Gestalt auf dem Bett. »Findest du nicht auch, daß du dich nun doch ein ganz klein wenig verdächtig machst?«

»Ich?«

»Du hast kein Alibi. Niemand kann bestätigen, ob das stimmt, was du sagst.«

»Es stimmt aber!«

»Linda Cordes wurde ermordet. Und du erzählst uns, frisch-fröhlich, daß du die Wohnung haben möchtest.«

»Ich will sie jetzt gar nicht mehr haben. Sie drehen mir ja alles im Mund rum, Mann! Da komm ich nicht mehr mit!«

Liebig fischte, in einer plötzlichen Eingebung, ein Feuerzeug unter dem Kopfkissen hervor und zündete sich die Zigarette an. Er hustete, sog den Rauch ein und hustete erneut.

»Nimmst du Ecstasy?«

»Nee!«

»Hast du gewußt, daß Linda Cordes Ecstasy genommen hat?«

»Nee! Ja!«

»Was nun?«

»Ja.«

Hofbauer wurde auf einmal ungewohnt liebenswürdig. »Wäre es dir möglich«, er setzte sich neben Liebig, »uns zu sagen, wo sich Linda das Zeug besorgt hat? Oder bei wem? Eventuell fällt dir ein Name ein?«

Aber das hustende Ungeheuer auf seinem Bett schaltete auf stur. »Ich hab in dieser speziellen Hinsicht nichts mit Linda zu tun gehabt«, antwortete es gestelzt. »Sie hat mir mal ne Tablette in die Spaghetti gemischt. Das war aber nix für meinen Vater seinen Sohn. Ehrlich und wahrhaftig!«

»Schade.« Hofbauers Bedauern wirkte echt.

»Und ich hab ja nun wirklich keine Moneten. Aber das hatten wir, glaub ich, schon.«

Anita fragte: »Wie willst du den Schuppen denn dann bezahlen?«

»Ich hab doch gesagt, ich mag ihn nicht mehr.«

»Du wirst also weiter Amseln schießen müssen.«

»Oder Eichhörnchen.« Hustend schnippte Liebig die Asche in sein Bett. »Schon mal ein Eichhörnchen gegessen? Schmeckt gar nicht schlecht.«

»Du ...! Beinah hätt ich was gesagt.«

Angewidert sprang Hofbauer hoch und warf seine Visitenkarte auf den Tisch. »Paß auf, daß dein Bettchen nicht zu brennen anfängt! Und außerdem«, er senkte seine Stimme, »kannst du mich mal!«

Mit einem ruppigen »Wenn dir noch was einfällt, ruf mich an!« lief er zur Tür, die verblüffte Anita hinterdrein.

Auf dem schmalen Streifen zwischen dem Gebäude und der Würm blieb Hofbauer stehen. Er bückte sich und ließ wütend, aber sehr gekonnt, ein paar kleine, flache Steine über die Wasseroberfläche zischen.

»Dreimal gesprungen, gelernt ist gelernt. Sechsmal war mein persönlicher Rekord!«

Er lachte grimmig. »Dort drüben«, Hofbauer deutete flußaufwärts, »wäre ich mal beinahe ersoffen. Der Bach ist da ganz plötzlich zwei Meter tief. Ich hätte gute Lust«, er blickte sich kurz um, »den merkwürdigen Patron hinter uns mitsamt seinem verrauchten Bett hier auch mal kräftig unterzutauchen.«

»Das ist leider verboten«, bedauerte Anita.

»Eichhörnchen schießen! Und dann auffressen! Das sind ja Zustände wie, verdammt noch mal, wie im alten, du weißt schon!«

Im Auto angekommen, klappte Hofbauer vergeblich das Handschuhfach auf.

»Und kein Tropfen Cognac dabei. Scheiß Dienstauto! Scheiß Rechtsstaat«

Es gelang ihm nur mit Mühe, seinen Weg durch die Bretterstapel zu finden, hinaus auf die Straße.

»Im alten Rom gab's aber noch gar keine Luftgewehre, Chef«, sagte Anita.

Das Haarstudio lag zwischen einem Schuhgeschäft und einer Pizzeria. Es hatte geöffnet, trotz des Montags, dem üblichen Feiertag aller Figaros.

Hofbauer parkte vor dem großen Schaufenster, verbotenerweise, aber geschützt durch das Blaulicht, das Anita auf das Autodach geklebt hatte. Sie betraten den Salon, in dem hübsche junge Mädchen älteren Herren, sportlichen Geschäftsleuten und Illustrierte lesenden Damen modische Frisuren verpaßten.

Auf den Frisiertischen standen Proseccogläser und Kaffeetassen, Joseph Klein, der Bewohner des Altersheims, hatte also nicht geflunkert.

Ein lächelnder Maestro tauchte vor ihnen auf, teurer Anzug, Pünktchenkrawatte. Verbindlich fragte er: »Was kann ich für Sie tun?«

Auf einem Schildchen seines Jacketts stand »Ömer«.

Der freundliche Herr hieß mit Nachnamen Hatil, hatte türkische Eltern, war aber in München geboren, wie sich nach kurzem Gespräch herausstellte. Er sprach akzentfreies Deutsch.

Hofbauer sagte: »Kann ich Sie kurz mal alleine sprechen?«

Hatil führte sie in ein kleines Büro, er bot Milchshakes an und Selterswasser, aber die beiden Kriminaler lehnten dankend ab.

»Ich komme wegen Laureen beziehungsweise Linda«, sagte Hofbauer und nippte an seinem Glas.

»Ist Frau Cordes etwas passiert? Sie ist sonst immer schon gegen neun in ihrem Geschäft.«

»In ihrem Geschäft? Ist sie die Chefin?«

»Selbstverständlich! Wußten Sie das nicht?«

Hofbauer überhörte die Frage.

»Ich muß Ihnen eine traurige Mitteilung machen«, sagte er statt dessen. »Frau Cordes ist tot. Sie wurde heute früh ermordet aufgefunden. In ihrem Smart.«

Hatil stellte sein Glas derart heftig auf den Tisch, daß ein Großteil des Mineralwassers überschwappte und eine nicht gerade kleine Pfütze auf der Glasplatte bildete. In seinem Kopf begann es zu arbeiten, man konnte es deutlich sehen.

Er starrte erst Hofbauer an, dann Anita, schließlich flüsterte er: »Das ist schrecklich! Das ist fürchterlich! Wenn ich das den Mädchen erzähle, kippen sie um!«

»Dann behalten Sie's besser erstmal für sich.«

»Das geht nicht!«

»Warum nicht?«

»Weil ich das nicht kann. Frau Cordes ermordet! Ich schaffe es nicht, das einfach runterzuschlucken, kapieren Sie das?«

Und mit einem Satz war er draußen. Sie konnten beobachten, wie er eine seiner Kolleginnen am Arm packte und ihr die Nachricht ins Ohr flüsterte. In Sekundenschnelle wußten alle Bescheid, man sah es ihnen an, auch den Damen und Herren, die in den Frisierstühlen saßen.

Urplötzlich war es so still in dem sonst so geschäftigen Raum, daß man deutlich das Schluchzen hören konnte, das zwei oder drei der jungen Mädchen begonnen hatten.

Irritiert betrachtete Hofbauer die Szene. »Könntest du vielleicht«, sagte er in Richtung Anita, »ich bin sicher, du machst das besser, ich meine, mit diesen Mädchen ...«

Anita nickte, stand auf und lief zu Hatil hinaus.

Sie sprach mit ihm, sprach beruhigend auf die Mädchen ein, wechselte auch ein paar Worte mit den Leuten in den Frisierstühlen. Die Mädchen hörten ihr anfangs gar nicht zu, erst nach und nach begannen sie, sich ein wenig zu fassen.

Ömer Hatil kam zu Hofbauer zurück. »Ich weiß gar nicht, was ich jetzt machen soll«, sagte er tonlos, »ohne Laureen hat das alles gar keinen Zweck.«

»Frau Cordes war sehr beliebt?« fragte der Kommissar.

»Laureen war die Chefin«, der junge Mann vor ihm hatte seine geschäftsmäßige Freundlichkeit völlig verloren, »aber sie ließ es niemanden spüren. Sie war, wie soll ich sagen, zurückgezogen in sich selbst. Ja, das war sie. Und trotzdem, die Leute kamen nur wegen ihr. Sie waren«, er lächelte verträumt, »verliebt in sie.«

»Wer bekommt jetzt den Laden?« Der Kommissar versuchte, sich von der Traurigkeit, die von allen Besitz ergriffen hatte, nicht anstecken zu lassen.

»Wer den Laden kriegt? Keine Ahnung.«

Die beiden letzten Worte hatte Hofbauer an diesem Tag schon ein paarmal gehört.

»Wo waren Sie heute früh? Etwa um fünf, sechs Uhr?« Hofbauer beobachtete das Mienenspiel seines Gegenübers sehr genau.

»Wieso?«

»Weil's mich interessiert.«

»Ich verstehe Ihre Frage nicht.«

Hatil schnitt jetzt das gleiche Gesicht wie der Eichhörnchenjäger an der Würm.

»Ich möchte von Ihnen wissen, was Sie heute früh getan haben. Und wo. Ist das so schwierig?«

Es dauerte ein paar Sekunden, dann sagte der Mann mit der Pünktchenkrawatte: »Ich war bei meiner Freundin. Bis kurz nach halb acht. Brauchen Sie Namen? Adresse? Haarfarbe?«

Es sah so aus, als habe er sich von seinem Schrecken wieder recht gut erholt.

»Schreiben Sie's auf einen Zettel. Die Haarfarbe allerdings interessiert mich nicht.«

Hatil kramte einen Notizblock vom Tisch und begann zu schreiben. Er riß ein Blatt ab und reichte es dem Kommissar.

»Maria Foconi«, las Hofbauer. »Nymphenburger Straße 12.« Er steckte den Zettel in seine Jackentasche. »Ist die Dame jetzt zu Hause?«

»Vielleicht.«

»Sie kennen nicht zufällig einen Herrn Rainer Liebig?«

»Nein. Nie gehört.«

»Hatte Frau Cordes ein Handy?«

»Selbstverständlich!«

»Wo ist das Handy jetzt?«

»Bei ihr. Bei Frau Cordes natürlich!« Er schien die Frage für höchst absurd zu halten.

Anita kam zurück und meldete, die Mädchen stünden noch immer unter Schock und könnten sich nicht entschließen, irgend etwas Vernünftiges zu tun.

»Und die Kunden?« Hatil legte eine ganze Portion Schärfe in seine Stimme.

»Ich glaube, sie werden versorgt. So gut es eben geht.«

»Ich hoffe doch sehr.« Der junge Mann fuhr sich schwungvoll durch seine gepflegten Haare.

»Sind Sie jetzt der Boß?«

»Wissen Sie«, Hatil sah in den großen Spiegel, der neben dem Schreibtisch stand, nahm seinen Kamm aus der Jackentasche und brachte seine Frisur wieder in Ordnung. »Sehen Sie, da lebt man und arbeitet und ißt und trinkt, und dann erhält man eine schlimme Nachricht. Und nichts ist mehr so, wie es einmal war. Alles ist kaputt.«

Hofbauer wiederholte seine Frage.

»Ob ich jetzt der Boß hier bin? Vielleicht. Laureen, ich meine, Frau Cordes hat nie mit mir darüber gesprochen. Ich war«, er lächelte, »schon immer so etwas wie ihre rechte Hand, ganz automatisch. Wenn sie mal unterwegs war, meine ich.«

»War sie oft unterwegs?«

»Ja, das war sie.«

»Und wo?«

»Irgendwo.« Hatil zuckte die Achseln.

»Wer von Ihnen nimmt Ecstasy?«

Statt einer Antwort verstaute Hatil den Kamm in seine Jackentasche und begann, eine vollendete Pirouette zu drehen. Und was er von sich gab, war bemerkenswert. »Ich bin nicht schwul!« Er sah aber in diesem Moment absolut so aus. »Nicht alle Friseure sind schwul! Und nicht alle Friseure nehmen Ecstasy oder Speed oder was weiß ich noch!«

Er grinste treuherzig.

Der Kommissar wechselte einen schnellen Blick mit Anita, die offensichtlich noch immer tief beeindruckt war von Hatils unvermuteter Balletteinlage.

»Wir haben zehn der bewußten Tabletten bei Frau Cordes gefunden. Was fällt Ihnen dazu ein?«

»Nichts. Jemand muß ihr die Tabletten heimlich zugesteckt haben.«

»So wird's gewesen sein.«

Hofbauer überlegte, ob er eine derartige Logik bewundern sollte oder nicht. Er versuchte, auch nur annähernd glaubhafte Einzelheiten aus dem Figaro herauszukitzeln, vergeblich. Hatil stand Rainer Liebig in keiner Weise nach. Vergeblich stellte der Kommissar die üblichen Standardfragen. Ob Frau Cordes Feinde hatte? Nein! Oder Neider?

Nein! Ob ihm, Ömer Hatil, in letzter Zeit irgendwas aufgefallen sei? Etwas Außergewöhnliches?

»Laureen war krank«, sagte Hatil nach einigem Nachdenken. »Sie hatte Fieber, glaub ich. War so merkwürdig schwach.«

»Wann war das?«

»Zuletzt. In den letzten Tagen. Aber sie hat so getan, als wäre sie gesund.«

»Ist sie zum Arzt gegangen?«

»Nein.«

»Hatte sie einen Freund?

»Kann ich mir nicht vorstellen«, sagte Hatil. »Einen Freund? Nein. Sie ließ niemanden an sich ran. Aber trotzdem: Alle waren verliebt in Laureen.«

»Sie auch?«

»Na, klar!« Mit einem entwaffnenden Lächeln huschte er nach draußen.

Hofbauer bat die Mädchen, die in dem weitläufigen Salon beschäftigt waren, einzeln zu sich. Sie hießen Katja, Gerti, Claudia, Mary, was auf den kleinen Schildchen, die auch sie alle trugen, mit dezenter Schrift zu lesen war. Und alle hatten lange Beine und trugen kurze Röckchen.

Manche hatten verheulte Gesichter, aber sie zeigten sich tapfer und hilfsbereit. Frau Cordes war eine super Chefin gewesen, daran gab es nichts zu rütteln. Sie zahlte gut und war großzügig. Nein, sie hatte keine Feinde. Aber auch keinen richtigen Freund. Fuhr bescheiden ihren Smart, wurde allerdings manchmal von einem tollen, leider schon etwas älteren Typen im BMW abgeholt.

Wie der Typ hieß? Sie wußten es nicht. Die Autonummer des BMW?

Vielleicht FFB für Fürstenfeldbruck. Oder DAH für Dachau. Oder auch ganz anders, sie seien, was der Kommissar nur von ihnen denke, doch nicht neugierig.

Und Katja, Claudia, Gerti, Mary gingen wieder an ihre Arbeit. Mit traurigen Herzen.

Seufzend raffte Hofbauer seine spärlichen Notizen zusammen. Anita, die schweigend den Interviews zugehört hatte, meinte lächelnd, sie könne den Rentner Joseph Klein durchaus verstehen, was seine Vorliebe für Laureens Haarstudio betraf.

Hofbauer nickte, legte ein paar Visitenkarten auf den Tisch, dann traten sie in den unnatürlich warmen Wintertag hinaus.

»Was machst du an Weihnachten?« Mit einem Klick auf seine Fernbedienung öffnete der Kommissar den Dienstwagen. Anita pflückte das Blaulicht vom Dach, und sie stiegen ein.

»Ich gehe mit dem großen Patrick und dem kleinen Oliver an der Isar spazieren.«

»Jeden Tag?«

»Nein. Irgendwann mal wird es einen Zusammenprall der jeweiligen Omas und Opas geben. Läßt sich nicht vermeiden.«

»Wird ja auch Zeit.«

»Wie man's nimmt.«

»Was schenkt man einem siebzehnjährigen Sohn?« Die Frage kam überraschend, aber Anita zögerte keinen Augenblick mit der Antwort. »Man schenkt ihm Aufmerksamkeit«, sagte sie.

»Und Geld. Für seine Alcopops.«

»Nicht unbedingt.«

Hofbauer steuerte den Wagen in den Pasinger Berufsverkehr, Richtung Innenstadt. Die Leute liefen herum, gekleidet wie an einem der ersten Frühlingstage, manche mit dem völlig unpassend erscheinenden Christbaum unterm Arm.

»Laureen hatte keinerlei Verwandtschaft, keinen Freundeskreis, keine Familie, nichts!« Hofbauers Gedanken waren wieder beim Mordfall Cordes angelangt. Anita war froh darüber. Es war nicht unbedingt ihr Fall, ratlosen Vätern Erziehungstips zu geben.

»Könnte es sein, daß der Salon ihre Familie war? Der Salon und die Mädchen?«

»Sowas soll's geben.«

Hofbauer trat auf die Bremse, lenkte den Wagen an den Straßenrand. Er deutete auf das große, blaue Schild mit dem weißen U, das vor ihnen prangte.

»Entschuldigung«, er achtete nicht auf das wütende Hupen, das sofort hinter ihnen entstanden war, »ich weiß, es ist blöd, aber ich muß nochmal nach Planegg zurück. Ich muß mit Bastian sprechen, wegen dem Zeug, das er säuft. Es läßt mir keine Ruhe.«

»Und ich soll mit der U-Bahn ins Präsidium fahren?«

»Sei so nett!« Hofbauers Stimme klang ernst. »Und schau mal nach, ob du irgendwas findest über Linda Cordes. Über den Frisiersalon. Und über den Untermieter an der Würm, Herrn Liebig.«

»Für Sie tu ich alles, Herr Hauptkommissar!«

»Ich schenke dir eine Riesenflasche Eau de Cologne zum Fest.«

»Das wäre schrecklich!«

Anita sprang aus dem Wagen.

Sie knallte die Autotür zu, öffnete sie, murmelte »Bitte um Vergebung, Chef«, schloß die Tür ganz leise, und Sekunden später hatte sie das riesige Maul des U-Bahnschachts verschluckt.

Hofbauer fädelte sich wieder in die Autoschlange ein. Bei der nächsten Gelegenheit bog er ab und fuhr auf nur ihm bekannten Schleichwegen in die Perle des Würmtals zurück. Zu dem Haus, das er seiner Exfrau und einem Kerl namens Janick überlassen hatte. Und natürlich auch seinem Sohn.

Claudia öffnete. Sie trug einen labberigen Trainingsanzug, was ihn wunderte. Hofbauer hatte ein derartiges Kleidungsstück noch nie an seiner Frau gesehen, bei seinen seltenen Besuchen nicht und schon gar nicht in der Zeit, als sie verheiratet waren.

»Hallo!«

»Störe ich?«

»Nicht unbedingt.«

Sie hatte sein Erstaunen über ihr seltsames Outfit durchaus bemerkt, aber sie dachte nicht daran, eine Erklärung abzugeben.

»Wie geht es dir?«

»Gut.«

»Wo ist Bastian?«

»In seiner Bude.«

Es war das kalte Begrüßungsritual der vergangenen Jahre. Hofbauer litt darunter, aber er tat so, als sei es ihm egal. Was nicht zu ändern war, fand er, sollte man beiseite schieben, auch wenn es schwerfiel. Zumindest sollte man es versuchen.

Mit ein paar Schritten war er vor Bastians Zimmer. Er klopfte, trat ein, ohne ein Herein abzuwarten. Sein Sohn saß auf seinem Bett, bekleidet mit einem T-Shirt und einer dieser weißgesprenkelten Hosen, die momentan Mode waren.

»Hallo!«

»Hi!«

Hofbauer setzte sich auf den einzigen freien Stuhl im Zimmer, betrachtete das Chaos aus Wäschestücken, Comics, Computern und DVDs um ihn herum. Er kam sich vor wie in einer schlechten Soap bei RTL. Gleich würden fünf weitere sechzehnjährige Inhaber weißgesprenkelter Militärjeans erscheinen, ebenfalls »Hi!« rufen und sich, zusammen mit Bastian, einen Joint reinziehen.

Und Papa würde milde dazu lächeln.

Hofbauer überlegte, was er sagen sollte. Ob sein Sohn zur Zeit eine Freundin hatte? Ob er die Blätter des Ginkgo-Baums kannte? Und dann natürlich, selbstverständlich auch, was er sich zu Weihnachten wünschte.

Bastian drehte den Spieß herum. »Was wünschst du dir zu Weihnachten?« fragte er. »Ich hab leider null Kohle momentan.«

»Das macht ja nichts«, antwortete Hofbauer verwirrt. »Wer hat schon Geld heutzutage. Ich brauch ja nix.«

»Da bin ich aber froh! Ich hab für die Giulietta nämlich einen tollen Modeschmuck gekauft. Und dem Tom schenke ich ein teures Feuerzeug. Und den anderen jede Menge geile DVDs, von Jacky, der kriegt sie ganz billig von irgendwo her.«

Der Kommissar starrte aus dem Fenster. Plötzlich sah er seinen Vater vor sich, der ihm zu seinem sechzehnten Geburtstag eine 45er Schallplatte mit Abba-Songs überreichte. Ein Juwel war das damals, er war sich vorgekommen wie ein König. Er hatte insgesamt achtundzwanzig Schallplatten besessen, ein paar Schnulzen von Harry Belafonte waren dabei und Aufnahmen von Elvis Presley. Jetzt war der Plattenspieler kaputt, und die schwarzen Scheiben verstaubten in seinem Bücherschrank.

Quatsch! Es war ein sentimentaler Quatsch, solche Erinnerungen hervorzukramen, Hofbauer verfrachtete sie kopfschüttelnd wieder in die hintersten Zellen seines Gehirns.

»Wer ist Giulietta?« fragte er.

»An Weihnachten geh ich ins Tunnel«, sagte Bastian, ohne eine Antwort zu geben.

»Wo gehst du hin?«

»Ins Tunnel. Beim Neunerberg. Wir treffen da so jede Menge Freunde. Super.«

»Und was macht ihr?«

»Abtanzen. So lang wir wollen. Und zwischendurch legen wir Zehncentstücke auf die S-Bahnschienen und lassen sie plattfahren. Das gibt dann nen irren Anhänger. Man muß natürlich ein Loch rein machen, das ist klar.«

Hofbauer erschrak. Er begann von den Gefahren zu erzählen, in die sich die Burschen begeben würden. Wenn man etwas getrunken hätte, sagte er, lasse bekanntlich die Aufmerksamkeit nach, man stolpere über die Schienen, und was dann passieren könne, daran wolle er gar nicht denken. Es sei nicht umsonst verboten, den Gleiskörper zu betreten. Schließlich verbot er Bastian kurz und bündig, bei der geplante Fete mitzumachen.

»Du nervst!« war die Antwort.

»Ich nerve. Okay!« Hofbauer zwang sich zur Ruhe. Er fühlte sich auf einmal furchtbar alt. Alt und fehl am Platz. Wie der Rentner Joseph Klein.

»Ich sag's nochmal: Du gehst nicht in dieses Tunnel! Mensch, Bastian!« Er packte seinen Sohn an den Schultern und rüttelte ihn hin und her. »Denk doch mal nach!«

»Giulietta ist meine Freundin«, sagte Bastian. »Ich liebe sie. Alles andere kannste vergessen.«

Zum zweiten Mal kam sich Hofbauer vor wie in einer Soap. Er stürzte hinaus, schob seine Exfrau und Janick, seinen Nachfolger, zur Seite und ging zum Gartentor. Er hätte sich nicht gewundert, wenn im nächsten Augenblick die Supernanny aus dem Gebüsch aufgetaucht wäre und ihn mit besorgtem, aber verständnisvollem Gesicht zu einem Gespräch eingeladen hätte.

Er stieg ins Auto.

Dort blieb er gute zehn Minuten sitzen.

Vielleicht sollte er mit Lederer reden und ihn bitten, zur fraglichen Stunde mal bei dem Tunnel nach dem Rechten zu sehen? Oder sollte er selber hinfahren? Die jungen Früchtchen würden Augen machen! Er hatte ohnehin nichts vor am sogenannten Heiligen Abend.

Nachdenklich legte er den ersten Gang ein, fuhr zu Maria Foconi, dem Alibi von Ömer Hatil in der Nymphenburger Straße 12.

Der Geschmack, den er im Munde hatte, war schal und öde.

Ömer Hatils Alibi wohnte in einem feudalen Neubau, achter Stock, Dachterasse. Hofbauer rauschte mit dem Aufzug nach oben, orientierte sich kurz und klingelte an der ersten Tür rechts. Eine überraschend hübsche, sehr junge, kaugummikauende Frau öffnete.

»Maria Foconi?«

»Si.«

Hofbauer zückte seine Karte, die junge Frau lächelte, kaute und bat ihren Gast in ein elegantes Einzimmerappartement. Sie schien über den Besuch des Kripobeamten nicht sonderlich überrascht zu sein. Oder täuschte er sich?

Der Kommissar solle doch bitte Platz nehmen, sagte sie freundlich.

Hofbauer bedankte sich. Er ließ sich in einen Sessel sinken, der mit Sicherheit nicht von Ikea war.

Auf dem Tisch lag ein farbstrotzender Bildband über Italien, die Wand gegenüber des Fensters war auf der gesamten Fläche mit einem Photo des rauchenden Vesuvs bedeckt.

Frau Foconi lächelte. Sie bereite einen Cappuccino zu, sagte sie und fragte, ob der Herr Kommissar ein Herz als Verzierung wünsche oder einen Apfel.

»Ein Herz«, sagte Hofbauer verblüfft.

Er erhob sich halb, aber der Sessel zog ihn magisch zurück. Die Signora verschwand, und Hofbauer vertiefte sich erneut in die Betrachtung des Vesuvs. Er hörte das vertraute Zischen der Espresso-Maschine, dann tauchte Maria Foconi wieder auf, zwei gefüllte Tassen in der Hand.

»Permesso?«

Sie stellte die beiden Tassen auf den Tisch.

Das Herz, das Hofbauer bestellt hatte, bestand aus dem kunstvoll geformten Schaum, oben auf der duftenden Flüssigkeit. Der Kommissar stellte fest, daß auf Marias Tasse ebenfalls ein Herzchen schwamm. Sie setzte sich auf das Sofa, schlug ihre makellosen Beine übereinander.

Er nahm zwei Stück Zucker, räusperte sich.

»Sie kennen Herrn Ömer Hatil?«

»Natürlich kenne ich Ömer. Selbstverständlich.«

»Wie lange schon?«

»Drei Jahre, oder warten Sie mal, vielleicht sind es auch schon dreieinhalb, wenn ich überlege, nun ja, wird schon stimmen.«

»War er heute nacht bei Ihnen?«

»Natürlich, das ist doch keine, wie sagt man, Straftat? Deutschland ist ein freies Land, zum Glück!«

Eine kurze Pause entstand.

»Sie sind Italienerin?«

»Si. Meine Eltern stammen aus Napoli. Obwohl, Napoli, zur Zeit, es wird immer schlimmer, Sie wissen schon, die«, sie senkte ihre Stimme, »sie werden immer brutaler. Ihnen als Commissario brauche ich das nicht zu erzählen.«

Hofbauer nickte. »Wann hat Herr Hatil heute früh die Wohnung denn verlassen?«

»Kurz nach halb acht. Ich erinnere mich sehr gut, ich habe auf die Uhr geschaut, es war genau zehn Minuten nach halb acht.«

»Und wann haben Sie das alles mit Herrn Hatil abgesprochen?«

»Wie bitte? Was heißt das, abgesprochen? Wie kommen Sie denn darauf?«

Hofbauer schwieg. Er betrachtete die ungewöhnlich teuren, kühn gestylten Möbel und die ebenso teure, kühn gestylte Dame ihm gegenüber und wartete.

Draußen wurde es langsam dämmrig, aber in dem Studio, in dem er saß, brannte verschwenderisch das meist indirekte oder in raffiniert gebauten Lampen untergebrachte elektrische Licht.

»Möchten Sie noch einen Cappuccino? Hat er Ihnen geschmeckt? War er gut?«

»Danke.«

Maria Foconi war entweder raffiniert oder ehrlich, Eigenschaften, die einander nicht unbedingt ausschließen mußten.

»Warum soll ich mit Ömer irgend etwas, wie sagen Sie, abgesprochen haben?«

»Weil«, Hofbauer versuchte, sich aus dem feudalen Sessel ein wenig zu befreien, »weil heute früh, etwa um sechs Uhr, Laureen, alias Linda Cordes, ermordet wurde.«

»E vero?« Sie war ernsthaft geschockt. Der Kaugummi geriet in hektisch mahlende Bewegung. »Wer hat das getan?«

»Ich weiß nicht, wer es gewesen ist«, sagte Hofbauer.

Die Signora sprang auf, trat auf die Terrasse, lief aufgeregt ein paar Schritte hin und her.

»Laureen interessiert mich nicht«, sagte sie. »All diese Mädchen in Laureens Frisiergeschäft interessieren mich nicht. Sie sind hübsch. Und Laureen ist tot.«

Sie sagte »tott«, was sich sehr merkwürdig und trotz oder gerade wegen aller Dramatik fast witzig anhörte.

»Wichtig ist, was Ömer tut. Daß er mich liebt! Daß ihn diese Mädchen nicht verrückt machen.« Sie wandte sich um. »Ömer war bei mir, Herr Kommissar, diese Nacht. Und alle anderen Nächte auch. Sie müssen mir das glauben, Herr Kommissar! Basta!«

»Dann ist ja alles in Butter.«

Hofbauer erhob sich etwas mühsam. Er fragte, eher nebenbei: »Sie konnten Laureen nicht leiden, stimmt's?«

Sie antwortete nicht gleich. Sie schien über irgend etwas nachzudenken. Plötzlich rief sie: »Ich bin nicht vor Gericht. Ich bin nicht in einer einzelnen Zelle. Sind Sie der accusatore?«

»Was heißt das auf deutsch?«

»Das heißt«, sie überlegte kurz, »Ankläger. Ich möchte das wissen! Sind Sie der Ankläger?«

»Keineswegs. Ich bin nur ein neugieriger bayerischer Beamter.«

Über Maria Foconis Gesicht huschte ein Hauch von Sympathie.

»Und ich habe neapolitanisches Blut in mir, in meinen Adern, ja, das habe ich. Diese Mädchen machen Ömer verrückt. Aber Ömer war bei mir heute nacht.«

Hofbauer reichte der Signora die Hand.

»Herzlichen Dank für den vortrefflichen Cappuccino.«

Zauberhaftes, versöhnliches Lächeln, made in Napoli.

»Sagen Sie«, Hofbauer erwiderte das Lächeln, so gut er konnte, »darf ich noch etwas fragen? Was sind Sie von Beruf?«

»Ich bin Kunststudentin, fünftes Semester. Ich studiere auch Germanistik, etwas Philosophie, hier in München, in dieser gemütlichen Stadt.«

»Und wer zahlt diese exklusive Wohnung?« Er machte eine alles umfassende Handbewegung.

»Ich glaube nicht«, zauberhaftes Lächeln, made in Munich, »daß ich das sagen muß, Herr Kommissar. Ich muß das nicht verraten. Ich bin nicht dumm, Herr Kommissar.«

»Könnte es sein, daß Sie gar nicht so arg traurig sind über Laureens Tod?«

»Ich wünsche Ihnen einen schönen Abend, Signore. Einen wunderschönen Abend. Buon natale.«

Und damit war Hauptkommissar Peter Hofbauer entlassen.

Draußen herrschten frühlingshafte Temperaturen, drinnen saß Hofbauer in seinem Zimmer und betrachtete einen Berg unerledigter Akten. Er überflog die Berichte der Süddeutschen Zeitung und des Münchner Merkurs, stellte fest, daß sie einigermaßen dem entsprachen, was er per Telephon zum Fall Linda Cordes erzählt hatte, und legte die Blätter zur Seite.

Seine Freunde glänzten durch vornehme Abwesenheit.

Staatsanwalt Dieckmann krabbelte irgendwo in den Alpen herum, auf der Suche nach Schnee. Der hochgeschätzte, unausstehliche Kollege Lichtlein weilte auf den Kanarischen Inseln. Auch die übrigen Büros in der Ettstraße standen, bis auf die dienstlich unbedingt notwendigen Ausnahmen, leer und verwaist. Die Gangster hatten es gut.

Wäre es nötig geworden, hätte man die Vertreter der Staatsanwaltschaft nicht, wie gewohnt, zwischen ihren Gesetzestexten suchen müssen, sondern fern der Heimat. Oder auf dem Münchner Christkindlmarkt. Oder bei Weib und Kind.

Anita hatte ein Fax geschickt.

Das Haus an der Würm, in dem Linda Cordes wohnte, gehörte einem Doktor Hägele, München, Thierschstraße 27. Auch das verlassene Sägewerk mit allem drum und dran war sein Eigentum. Doktor Hägele allerdings war zur Zeit unauffindbar.

Rainer Liebig, der Eichhörnchenjäger, war ordnungsgemäß gemeldet. Die Nachbarschaft, bei der sich Anita erkundigt hatte, bezeichnete ihn als harmlos, aber »gspinnert«.

Hofbauer nahm eine Brezel aus der mitgebrachten Tüte, fischte Butter aus dem Kühlschrank und aß die Brezel, zusammen mit einer Messerspitze dickem Honig. Dazu trank er lauwarmen Automatenkaffee.

Der Frisiersalon, so berichtete Anitas Fax, war Eigentum einer gewissen Baugesellschaft Modul, deren Angestellte und Mitarbeiter zur Zeit jedoch alle ihren Anrufbeantworter eingeschaltet hatten. Die Anrufbeantworter hatten höflich Bescheid gegeben, daß ihre Besitzer erst nach dem 2. Januar wieder erreichbar sein würden.

Hofbauer griff sich das Telephon und tippte die Nummer des Labors in das Display, ohne große Hoffnung. Aber siehe da, das Labor war erreichbar.

Der diensthabende Chemiker sagte, das weiße Pulver, das man auf dem Beifahrersitz des Smart gefunden hatte, sei tatsächlich Salz. »Feines Reichenhaller Salz, jodhaltig. Ohne jeglichen Zusatz von Gift. Keine Fingerabdrücke auf dem Paket. Auf dem Täschchen und seinem Inhalt nur Abdrücke des Opfers.«

»Und das Ecstasy?«

»Reines MDMA. Beste Ware. Kommt in letzter Zeit recht häufig vor.«

Er wünschte schöne Feiertage und verabschiedete sich.

In Gedanken versunken, kritzelte Hofbauer kleine Männchen auf ein Stück Papier. Hatte das Salz eine Bedeutung? Wohl kaum. Laureen schien es irgendwann nach einem Einkauf vergessen zu haben. Dann war es eben liegengeblieben. Aber wieso konnten die Kollegen keinerlei Fingerabdrücke auf der Tüte finden?

Ein neues Männchen entstand.

Okay, Laureen hatte Handschuhe getragen. Vor zwei, drei Wochen war es empfindlich kalt gewesen. Aber wo bekam man heutzutage Salz in durchsichtigen Plastikpaketen? Irgend jemand mußte Laureen das Paket doch gegeben haben. Hatte auch dieser Jemand Handschuhe getragen? Um keine Abdrücke zu hinterlassen?

Hofbauer warf die Männchen in den Papierkorb.

Er wählte die Nummer der Gerichtsmedizin, mußte sich aber auch hier mit dem Anrufbeantworter begnügen.

Er zog seine Jacke an, löschte das Licht und verließ sein Büro. Er hatte noch immer kein Geschenk für Bastian.

Tagebuch, 22. Dezember

Jämmerliche Presse. Karg und ärmlich. Kläglich vorbei am Wesentlichen.

Meine Bemühungen leider ohne sichtbare Wirkung. Natürlich muß ich mich gedulden. Was ich will, verschlingt viel Geld und ist schwierig und risikoreich durchzuführen.

Verdammt nochmal, Rica wird die nächste sein!

Sorgfältige Vorbereitung.

Die Münchner hasteten panikartig durch die übervölkerten Gassen des Christkindlmarkts, mit suchenden Blicken nach dem ultimativen Geschenk. Eineinhalb Tage noch, dann war alles vorbei.

Und kein Flöckchen Schnee in Sicht. Die Glühweinverkäufer an den Ecken klagten über die miesesten Umsätze seit Menschengedenken. Heiße Maroni flau, Schnapsabsatz schleppend. Bierkonsum steigend.

Hofbauer war bereits dreimal an den Verkaufsbuden vorbeigerannt, ohne Erfolg. Was sollte Bastian mit einer handgeschnitzten Krippe anfangen? Auch klebriges Früchtebrot war garantiert nicht seine Stärke. Kerzenleuchter aus Zinn? Schlittschuhe? Keramikvasen? Spieldosen? Bücher aus dem Antiquariat? Ein sehr schöner Eisstock, wunderbar gedrechselt, uralt, lag verschämt, aber doch stolz, zwischen allerlei unnützem Kleinkram. Ein Eisstock. Das war es.

Okay, das Quecksilber des Thermometers hatte sich momentan bei wahnwitzigen achtzehn Grad festgekrallt, in ein, zwei Wochen aber würde sibirische Kälte die kleinen Seen rund um die Stadt zufrieren lassen, erfahrungsgemäß, so, wie es sich in den ersten Januartagen gehörte.

Hofbauer würde sich ein paar Stunden freinehmen, und sie würden rausfahren zum Weßlinger See und mit den alten Kumpels Eisstockschießen.

Er ließ die »Jingle Bells« und »Süßer die Glocken« säuselnden Lautsprecher hinter sich und eilte ins große Kaufhaus am Eck. Dort hatte man »White Christmas« und »Oh, du fröhliche« ausgesucht, um die widerspenstigen Geldbeutel zu öffnen.

Hofbauer eilte in die Abteilung für Sportgeräte. Er versuchte, einen Verkäufer oder eine Verkäuferin zu entdekken, und als er niemanden fand, nahm er einen poppig angemalten Eisstock aus den Regalen, klemmte ihn unter den Arm und reihte sich ein in die Schlange der Wartenden an der Kasse.

Der Eisstock war teuer. Aber, Hofbauer war sich hundertprozentig sicher, goldrichtig.

Er stieg am Marienplatz in die U-Bahn, quetschte sich zwischen erschöpfte Schnäppchenjäger und fuhr zur Perlacher Straße 126. Er deponierte das Geschenk in seiner Wohnung im fünften Stock und machte sich auf, in seiner Stammkneipe einen gemütlichen Abend zu verbringen.

Es sollten, so hatte er sich vorgenommen, mindestens ein Souvlaki-Spieß und zwei Ouzos werden. Den Ouzo von Odysseus, seinem Wirt und Freund, nicht mitgerechnet.

Zur gleichen Zeit, um genau achtzehn Uhr zweiundfünfzig, ging in Starnberg eine auffallend grell geschminkte, junge Frau mit ihrem Begleiter auf die Gaststätte Undosa Bad zu. Das Undosa liegt direkt am See, es ist im Sommer ein beliebter Ausflugsort, mit Tanzcafé, gutem Essen und vielfältigen Möglichkeiten, in unmittelbarer Nähe Boots- und Dampferfahrten zu unternehmen.

Es waren nicht mehr viele Spaziergänger unterwegs an diesem Abend. Enten und Schwäne hatten bereits die Köpfe in die Federn gesteckt und träumten dem fernen Frühling entgegen.

»Du bist mal wieder eine halbe Stunde zu spät gekommen«, sagte der Mann.

»Ich war noch einkaufen.«

»Du hättest mich anrufen können.«

»Ich hab mein Handy vergessen.«

»Wie dumm von dir.«

Die beiden sahen nicht die Gestalt, die sich im Schutz einer Litfaßsäule verborgen hatte.

»Ich bin krank«, sagte die Frau. »Laß uns umkehren.«

Plötzlich sprang die Gestalt aus ihrem Versteck hervor, versetzte der Frau einen Stoß und machte sich an ihrer Jakke zu schaffen. Alles geschah in Sekundenschnelle.

Mit kleinen, hastigen Schritten verschwand die Gestalt wieder hinter der Litfaßsäule.

Die Frau griff sich an die Brust, versuchte, etwas zu sagen. Aber es gelang ihr nicht. Sie kippte nach vorne und fiel auf das Pflaster. Ein paar Passanten stürzten herbei, der Mann stieß sie grob zur Seite und rannte Richtung Dampfersteg.

Die Passanten taten erst einmal gar nichts. Sie starrten auf die Frau, einer von ihnen bückte sich zu ihr hinunter, richtete sich ratlos wieder auf. Zwei Männer mit Regenschirmen zuckten die Achseln und gingen ungeniert weiter.

»Wir tragen sie in die Gaststätte.«

»Nein, wir lassen sie hier.«

»Hat denn niemand eine Decke?«

Schließlich hoben ein paar Beherzte die Ohnmächtige hoch und legten sie auf die Bank. Es dauerte gut zwei Minuten, bis einer von ihnen den Notdienst verständigte.

Weitere sieben Minuten später bahnte sich der Rettungswagen des Roten Kreuzes seinen Weg durch die Dunkelheit, mit jaulendem Getöse kam das rotierende Blaulicht auf die Wartenden zu.

Die junge Frau auf der Bank war zu diesem Zeitpunkt bereits tot.

Hofbauer verbrachte Vor- und Nachmittag des 24. Dezember im Büro vor seinem falschen Biedermeiertisch.

Mißmutig stellte er fest, daß die Souvlaki des vergangenen Abends zu üppig und die Ouzos zu zahlreich gewesen waren.

Was den Fall Linda Cordes betraf, so gab es noch keinerlei Nachricht von der Rechtsmedizin. Dafür drei Merry-Christmas-Couverts plus die dazugehörigen Karten von Staatsanwalt Dieckmann und den Kollegen.

Er dachte an den mit einem Herzchen verzierten Cappuccino der Signora Foconi, und seine Gedanken beschäftigten sich für Sekunden mit ihrer reizvollen Figur. Dann irrten sie, von seinem Beruf her gesehen, logischerweise, zur Camorra von Napoli und, in Erinnerung an das Wandgemälde, zu den in letzter Zeit häufiger werdenden Ausbrüchen des Vesuvs.

Als es dunkel wurde, warf er die Merry-Christmas-Couverts in den Papierkorb, löschte das Licht und machte sich auf den Heimweg. In seiner Wohnung angekommen, begleitete er auf mindestens zehn Fernsehkanälen das Warten auf das Christkind.

Da er nicht wußte, wann die Ansprache der Bundeskanzlerin zu befürchten war, nahm er die Tüte mit Bastians Weihnachtsgeschenk, legte sie in den Kofferraum seines Wagens und fuhr hinaus nach Planegg.

Ohne Rücksicht auf etwaige Abmachungen stand er gegen zwanzig Uhr vor seinem ehemaligen Haus. Auf sein Läuten erschien Claudias jetziger Ehemann, messerscharfe Bügelfalte, strahlend weißes Hemd, elegante Krawatte. Wie immer.

»Ach, Sie sind's.«

»Ja, ich bin es.«

»Frohe Weihnachten.«

»Danke, ebenfalls.«

»Ist Bastian da?«

»Nein.«

Claudia kam, lächelte verwirrt. Gespannt wartete Hofbauer auf das, was nun folgen würde. Ob man ihn hereinbitten würde? Einladen, ein Glas Wein mitzutrinken? Oder gar, mitzufeiern?

Janick betrachtete Claudia, Claudia betrachtete Janick.

»Wir haben grade die Kerzen angezündet«, sagte Janick.

»Dann machen wir Bescherung«, sagte Claudia.

»Wie schön für euch.«

Pause. Claudia deutete auf das große Paket.

»Was hast du denn da mitgebracht?«

»Das Geschenk für Bastian. Einen Eisstock. Mit zwei auswechselbaren Scheiben, für langsames und für schnelles Eis.«

»Es gibt heuer kein Eis«, prophezeite Janick.

»Wissen Sie das?«

»Ich vermute es.«

Der Mann mit der Bügelfalte grinste arrogant, legte besitzergreifend den Arm um Claudia. Die schien nicht gerade sehr glücklich darüber zu sein. Aber sie ließ es geschehen.

»Du kannst mir das Geschenk für Bastian ja dalassen«, meinte sie.

»Ich möcht's ihm selber geben. Wo steckt er denn?«

»Bei seiner Clique.«

»Wo ist das genau?«

»Wenn ich das wüßte.«

Der Bügelfalte schien das Gespräch unangenehm zu werden.

»Keine Angst«, sagte Janick, »Ihr Sohn wird um elf Uhr wieder zu Hause sein.«

»Gewiß! Um elf Uhr.«

Hofbauer kannte seine Frau. Jedenfalls glaubte er, sie zu kennen. Und er war sich einigermaßen sicher, daß sie keine Ahnung hatte, wo Bastian sich tatsächlich aufhielt und wann er tatsächlich heimkommen würde.

Er wartete eine kleine Ewigkeit, schließlich sagte er: »Ich werde ihn schon finden. Und nochmals, frohe Weihnachten. Passen Sie auf, daß der Baum nicht abbrennt!«

»Selbstverständlich, wie bitte ...?«

Er nickte dem trauten Paar freundlich zu, dann ging er durch das Gartentor zum Auto. Dort versuchte er, Bastian per Telephon zu erreichen, aber er hatte keinen Erfolg.

Hofbauer fuhr zum Bräustüberl, wo er mit einer bunten Gesellschaft Weihnachtsverweigerer zu Abend aß. Es gab Schweinsbraten mit Knödeln oder Ente mit Knödeln oder Tellerfleisch mit Knödeln, zum günstigen Heilig-Abend-Preis. Zum Glück gab es weder »Jingle Bells« noch Tölzer Sängerknaben als Beilage.

Nachdem er sich mit seinem Tischnachbarn, einem sympathischen älteren Herrn, ausführlich über König Herodes unterhalten hatte, bestellte sich Hofbauer Apfelkücherl mit Vanillesoße. Sein Nachbar indessen lobte seinen mit Haselnußcreme verzierten Milchdrink, von dem er schon drei Becher voll getrunken hatte.

»Der König Herodes hat alle kleinen Kinder umbringen lassen«, erzählte der ältere Herr. »Nur Moses wurde gerettet, als Baby, weil ihn die Tochter vom Herodes auf dem Nil gefunden hat. In einem Weidenkörbchen.«

Hofbauer runzelte die Stirn. »Ich fürchte, Sie bringen da einiges durcheinander. Der gute Moses stammt aus dem Alten Testament. Die Weihnachtsgeschichte jedoch ...«

»Ich habe das alles meiner Enkeltochter erzählt. Sie war sehr traurig darüber.«

»Kann ich verstehen.«

Hofbauers Unruhe wuchs. Sein Sohn dachte noch immer nicht daran, erreichbar zu sein. Es war jetzt genau zweiundzwanzig Uhr fünfundvierzig. Der Kommissar zahlte, nickte dem Herodes-Fan zu und fuhr zum Tunnel beim Neunerberg.

Er parkte das Auto in der Ruffini-Allee, klemmte das Paket mit dem Eisstock unter den Arm und ging die letzten paar Meter zu Fuß.

Der kleine Tunnel, ein schwarzes Loch, das sich in schmutzigen, trotz der Dunkelheit schwach erkennbaren, wüst beschmierten Wänden fortsetzte, war leer.

Eine S-Bahn rauschte zischend über Hofbauers Kopf, dann war es wieder ruhig. Er ging zum anderen Ende der Röhre, kein Bastian zu sehen. Er wanderte bis hin zu dem kleinen Abhang, dem man den stolzen Namen Berg gegeben hatte: Niemand da. Auf einer Bank deponierte er sein Paket und wartete.

Und wie jedesmal, wenn er hier stand, sah er sich frierend den Schnee in den Boden stampfen, Bastian neben sich auf den allerersten Skiern.

»So fahr doch!«

»Ich trau mich nicht.«

»Nun mach schon!«

»Du mußt bis drei zählen!«

»Eins, zwei, drei.«

Es gab Tränen, einen bockigen Sohn und einen ratlosen Vater. Später dann, ohne »Eins, zwei, drei«, lernte es der Junge ganz von selbst. Und wurde richtig gut, bis es unter seinen Freunden nicht mehr angesagt war, Sport zu treiben.

Der Vater, der an diesem Abend nicht weniger ratlos war als früher, griff zu seinem Mobiltelephon. Er betrachtete die Lichter des sich unschuldig gebenden Planegg, irgendwo heulte die Sirene der Feuerwehr, vielleicht war der Christbaum der Bügelfalte tatsächlich abgefackelt?

»Was'n los?«

»Bastian, bist du's?«

»Klar.«

»Wo steckst du denn?«

»Zu Hause.«

Das war allerdings eine Überraschung.

»Und was machst du?«

»Ich surfe im Internet.«

»Aha.«

Hofbauer wußte nicht, ob er froh sein sollte oder nicht. Er entschloß sich, zufrieden zu sein. Immerhin lungerte der Sohn nicht irgendwo herum, soff nicht und legte keine Centstücke auf die S-Bahnschienen.

»Ich hab ein Geschenk für dich.«

»Toll! Bring's irgendwann vorbei. Ich bin grad in nem irren Chat mit Thekla.«

»Wer ist Thekla? Ich dachte, deine Freundin heißt Giulietta?«

»Tschau, Papa.«

Das war's wieder mal. Der Papa klemmte sich erneut das schwere Paket unter den Arm, stapfte zurück durch den Tunnel und ging zu seinem Golf. Der Eisstock verschwand im Kofferraum.

Er setzte sich hinter das Lenkrad, geriet ins Grübeln. Stellte fest, daß er, insgesamt gesehen, einen reichlich armseligen Heiligabend verbracht hatte.

Seine Frau war endgültig nicht mehr seine Frau, da gab es nichts dran zu rütteln. Bastian surfte im Internet. Hatte kein Interesse am Geschenk seines Vaters.

Hofbauer, reiß dich zamm! Werd nicht wehleidig, hörst du!

Er startete den Wagen.

Das Baby Moses gehörte ins Alte Testament, und König Herodes ins Neue, das stand zweifelsfrei fest. Der ältere Herr hatte sich geirrt, das konnte ja mal vorkommen.

Schließlich hatte Hofbauer immer eine Zwei in Religion gehabt. Für eine Eins hatte es nicht gereicht, weil er dem Schulpfarrer zuweilen ketzerische Fragen stellte. Zum Beispiel, ob der Herr Jesus bei der Hochzeit zu Kanaa eventuell zu tief ins Glas geschaut hatte, bevor er das Wunder »Wasser in Wein zu verwandeln« vollbrachte.

Das war zu viel gewesen für den Pfarrer. Wie hieß er doch gleich? Der Name war eben dabei, irgendwo aus den Wolken der Vergangenheit aufzutauchen, da rappelte das Handy.

»Hier Kreuzer, Kripo Fürstenfeldbruck. Wir haben da einen komischen Mord. Eine Frau. Kannst du morgen mal bei uns vorbeikommen? Wär wahnsinnig nett, Herr Kollege.«

Sie trafen sich tags darauf, zehn Uhr, in den Amtsräumen der Fürstenfeldbrucker Kripo, die auch für den Raum Starnberg zuständig war.

Kriminalhauptkommissar Kreuzer war über eins achtzig groß, dünn, supernervös. Er saß hinter seinem Schreibtisch, die Beine verschränkt, ständig damit wippend, zappelnd, suchte pausenlos nach irgendwelchen Papieren, nach dem Kugelschreiber, nach dem Bleistift, nach seinem Notizblock.

Die beiden Kriminaler kannten sich von etlichen Seminaren und Fortbildungskursen her. Sie waren etwa gleich alt, hatten sich von Anfang an gut verstanden, trotz ihrer unterschiedlichen Mentalität.

»Telephonierst du immer kurz vor Mitternacht?« erkundigte sich Hofbauer und setzte sich auf den Besucherstuhl.

»Wenn ich einen Geistesblitz hab, schon.«

»Kommt das oft vor?«

»Manchmal.«

»Dann schieß los!«

Und Kreuzer begann. Die Kollegen von der Streife seien am 23. Dezember, kurz nach neunzehn Uhr, zum Undosa gerufen worden. Eine Frau lag dort auf einer Bank, regungslos. Einer der beiden Kollegen habe sofort mit Wiederbelebungsversuchen begonnen, der andere sei zu dem Gasthaus gelaufen. Dort fand im großen Saal eine Weihnachtsfeier statt, für Ärzte sinnigerweise. Zwei der Doctores seien mit nach draußen gegangen, aber sie konnten nur noch den Tod der Frau feststellen.

»Sie heißt Ricarda Trantow, Moment mal«, Kreuzer fand nach einigem Suchen sein Notizbuch, »wohnhaft Starnberg, Strandstraße 98. Sündhaft teure Lage.« Er versteckte das Notizbuch unter einem Aktendeckel. »Sie hatte eine Umhängetasche dabei, mit Ausweis und allem Pipapo.«

»Woraus bestand dieses Pipapo?«

Das Notizbuch kam wieder zum Vorschein.

»Puderquasten, Puderdosen, Lippenstifte, Papiertaschentücher, ein Schlüsselbund, fünf Schachteln Kondome ...«

»Da schau her! Und wo bleibt dein sogenannter Geistesblitz? War das alles, was du mir erzählen wolltest?«

»Nur nicht hudeln!« Kreuzer versuchte, eine beruhigende Handbewegung zu machen. »Man hat die Tote in die Rechtsmedizin bringen lassen.«

»War überhaupt jemand da?«

»Ein fleißiges Lieschen hat noch gearbeitet, Frau Doktor Ebenböck. Kennst du sie?«

»Nein.«

»Macht nichts. Paß auf! Die Trantow ist keines natürlichen Todes gestorben. Sie wurde erstochen. Und zwar mit einem Messer, durch Mantel und Bluse direkt ins Herz. Und jetzt kommt's«, Kreuzer entwirrte seine Beine, verknotete sie erneut, »wir haben das hier entdeckt. In der Manteltasche der Trantow.«

Er warf ein Plastikpäckchen mit weißem Pulver auf den Tisch. »Salz. Kochsalz. War leicht rauszukriegen.« Er hob das Päckchen hoch und ließ es wieder fallen.

»Frau Doktor Ebenböck hat mir von eurem Mordfall erzählt. Und von eurem merkwürdigen Fund auf dem Autositz. Und da ich ein helles Köpfchen bin, hab ich sofort gedacht, ruf doch mal den Hofbauer an! Vielleicht gibt's da einen Zusammenhang.«

»Wie nett von dir!« Der Angesprochene bedankte sich. »Habt ihr bei der Toten irgendwelche Drogen gefunden?« fragte er gespannt.

Kreuzer überlegte. »Nein«, er schüttelte den Kopf.

»Ein Handy?«

»Nein. Ist das wichtig?«

»Eigentlich schon. Linda Cordes hatte auch keines dabei. Wir vermuten, der Mörder hat es der Cordes gestohlen.«

Kreuzer dachte einen Augenblick nach, dann zog er einen Umschlag unter den Aktendeckeln hervor und reichte ihn Hofbauer.

»Hier die Photos der Trantow. Erscheinen morgen in allen Revolverblättern. Nach den Feiertagen natürlich auch in der SZ und im Merkur.«

Hofbauer studierte die Photos genau. Er betrachtete das geschminkte Gesicht der Toten, das aschblonde Haar, den fast zu langen Hals. Das Alter von Ricarda Trantow war schwer feststellbar. Er schätzte sie auf etwa zwanzig, vielleicht auch dreißig Jahre.

»Wir haben eine Zeugin. Eine Frau Kinninger, übrigens die einzige, die nicht sofort verduftet ist. Sie hat ausgesagt, Momentchen«, Kreuzer forschte erfolgreich nach dem richtigen Blatt Papier, »sie hat ausgesagt, daß ein Typ bei der Trantow war. Schwarze Haare, heller Mantel, nicht sehr groß.«

Er zog eine Zigarette aus der Schachtel, zündete sie an, paffte kurz, drückte die Zigarette wieder aus.

»Die Zeugin hat von dem Stich mit dem Messer leider überhaupt nichts gesehen. Sie ist erst wieder aufmerksam geworden, als die Leute zu schreien anfingen und die Trantow am Boden lag.«

»Und dann?«

»Hat man die Trantow auf eine Bank gelegt.«

»Wer war dieser ›man‹?«

»Irgendwer. Oder mehrere irgendwer. Die Zeugin sagt, die Leute seien alle abgehauen. Einer hat den Notarzt gerufen.«

»Wie edelmütig.« Hofbauer knirschte hörbar mit den Zähnen. »Und das Messer?«

»War nirgends zu finden. Die Kollegen von der Spurensicherung haben jeden Grashalm untersucht. Und der Typ mit dem hellen Mantel war ebenfalls weg.«

»Toll.«

»Sag mal«, Kreuzer streckte die Arme aus und begann, Kniebeugen zu machen, »meinst du nicht auch, die Phantasie geht mit uns durch?«

»Wieso?«

»Wegen des Salzes.«

Hofbauer dachte lange nach. Schließlich sagte er: »Warum sollen die beiden Frauen kein Salz bei sich haben? Als Hausfrauen?« Er schloß die Augen. »Puderdose, Lippenstifte, Präservative, Salz ... eine sonderbare Zusammenstellung.«

Er schüttelte den Kopf.

»Aber trotzdem, du kannst sagen, was du willst. Das ist kein Zufall! Vielleicht ist es ein Zeichen? Es soll Mörder geben, die stecken ihren Opfern eine Nelke ins Knopfloch.«

»Nehmen wir mal an, deine Theorie stimmt. Dann hat also unser Mörder die Päckchen unmittelbar nach der Tat den Opfern auf den Autositz gelegt und in die Manteltasche geschoben. Glaubst du das?«

»Mensch, Kreuzer!« Hofbauer riß die Augen wieder auf. »Ich glaube gar nichts. Und du glaubst auch nichts. Weil wir noch überhaupt nichts wissen.«

»Dagegen gibt's nichts zu sagen.«

»Und jetzt hör bitte mit den dämlichen Kniebeugen auf!«

»Meinetwegen.«

Der Kollege setzte sich wieder auf seinen Platz. Sie schwiegen. Die Sonne schien zum Fenster herein, und irgendwo, da gab es keinen Zweifel, flötete eine Amsel.

»Fangen wir nochmal ganz von vorne an.«

Nach einer halben Stunde, in der sie nicht einen Millimeter weitergekommen waren, beschlossen sie, eine Pause zu machen.

»Gibt es hier irgendwo Weißwürste?« erkundigte sich Hofbauer. »Mit süßem Senf? Und einem kleinen Bier?«

»Jetzt? Um elf Uhr?«

»Wann denn sonst?«

»Ich trinke kein Bier. Nur Wasser.«

Widerstrebend führte Kreuzer seinen Gast zum Marthabräu, gleich in der Nähe. Dort verdrückte Hofbauer stumm ein Paar Weißwürste, angereichert mit einem kleinem Bier. Sein Kollege trank demonstrativ ein Glas Selters.

»Ich werde mir diesen Frisiersalon nochmal vorknöpfen«, sagte Hofbauer und spießte das letzte Stück Weißwurst auf die Gabel. »Und meinen Herrn Sohn.«

»Hast du Probleme?«

»Nein, nein.«

»Dann ist es ja gut.«

Sie zahlten, streng getrennt, und gingen hinaus in den angebrochenen 25. Dezember.

»Eines wissen wir überhaupt noch nicht«, meinte Kreuzer. »Welches Motiv hatte unser Phantom? Liebe? Geld? Haß?«

»Liebe steht meist an erster Stelle, das ist erwiesen.«

»Unser Phantom ist außerdem sehr vielseitig. Erdrosseln, erstechen, was folgt als nächstes?«

Hofbauer blieb stehen. »Du warst bestimmt schon in der Wohnung der Trantow. Hast du da irgendwas Auffälliges gefunden?«

»Ein großes Bett. Sonst nichts.«

»Entschuldigung. Stört es dich sehr, wenn wir die Wohnung nochmal anschauen? Du weißt schon, vier Augen und so weiter.«

»Mich stört gar nichts. Auf geht's!«

Die Wohnung Strandstraße 98 lag nur einen Steinwurf entfernt vom Undosa, in einer exklusiven Gegend Starnbergs, wo man entweder geboren sein mußte oder wo man über Geld keine Worte verlor. Ein verspielt gebautes Appartementhaus, genial durchdacht und gut eingepaßt in die Villen der Umgebung. Blick auf den See, Schwäne inklusive.

Sie fanden einen Parkplatz zwischen einem Lamborghini und einem Mercedes der Güteklasse XXL.

»Bist du schon mal in so einer Kutsche gefahren?« Kreuzer deutete auf den Lamborghini.

»Schon oft«, antwortete Hofbauer.

Sie gingen zu dem Haus, Kreuzer zog wortlos einen Schlüsselbund aus der Hosentasche und öffnete die Pforte des Vorgartens. Über eine Außentreppe stiegen sie nach oben in den ersten Stock. Nach ein paar Schritten waren sie vor der Wohnungstür angelangt.

Der Brucker Beamte riß das Klebeband ab, ein weiterer Schlüssel tat seinen Dienst. Dann standen sie fast unmittelbar vor einem kolossalen Bett, um das sich Küche, Bad, Fernsehzimmer und Umkleideraum gruppierten.

Das Bett war sorgfältig gemacht, wirkte einladend, mit einer himmelblauen Zudecke versehen, mit rosaroten Kissen und schnuckeligen Teddybären verziert.

»Die war vom horizontalen Gewerbe«, murmelte Hofbauer.

Sie prüften die Nachttischschubladen, den riesigen Schrank, die übrigen Zimmer. Im Schrank lagen Stöße schwarzer Reizwäsche, hingen dutzende Kleider, von denen sie annahmen, sie seien ausgewählt und teuer.

Kreuzer sagte: »Ich bin bei den Nachbarn gewesen. Bei einer Frau Friese, alle anderen waren weg«, seine Stimme war voller Neid, »Urlaub natürlich. Frau Friese meinte, die

Trantow habe in der Tat recht oft Herrenbesuch empfangen.«

Hofbauer betrachtete noch einmal das einladende Bett. »Was hat denn diese Frau Friese sonst noch so erzählt?«

»Na ja, sie war schon reichlich, wie sagt man am besten, befremdet. Wollte erst nicht so recht rausrücken.«

»Ist aber dann doch gesprächig geworden?«

»Nicht so ganz. Es war halt ›shocking‹ für die Mitbewohner, hat sie gemeint. Und manche hätten sich schon sehr das Maul zerrissen. Aber so schlimm war's auch wieder nicht, die Besucher der Trantow seien alle sehr höflich gewesen, distinguiert, verstehst du.«

»Wie man sich hier eben so gibt.«

»Möglich.«

Sie blieben noch gute zehn Minuten in dem Appartement, versuchten, Spuren zu entdecken, die es nicht gab. Schließlich verließen sie das Appartement, schlossen sorgfältig ab. Der Kollege befestigte neue Klebebänder.

Hofbauer wunderte sich über die Zeitungsstapel und die aus den Kästen quellenden Briefe der drei übrigen Wohnungen des Stockwerks. Und beinahe wäre auch er neidisch geworden. Aber er fragte sich, was er in Kitzbühl ohne Schnee oder in Afrika ohne München hätte anfangen sollen.

»Spießer!« schimpfte er sich und grinste.

Der Lamborghini war inzwischen verschwunden, an seiner Stelle parkte ein überhaupt nicht passender Kia am Straßenrand. Der Fahrer saß rauchend hinterm Steuer.

»Jetzt sind wir schon zwei, die man aus jedem einigermaßen vornehmen Autosalon rausschmeißen würde.« Hofbauer klopfte auf das Blech seines Golfs. »Die Gegend verarmt zusehends.«

Sie betrachteten den See mit den Schwänen, den Bläßhühnern, den Taucherenten – und im Hintergrund die föhnblauen Berge.

»Sowas nennt man ›Schöner wohnen‹«, seufzte der Kommissar aus München. Dann stiegen sie in seinen Wagen.

Auf dem Rückweg nach Fürstenfeldbruck wurde wenig gesprochen. Kreuzer wippte mit den Beinen, so weit er Platz dazu hatte. Der Kommissar aus München hatte noch immer die Berge vor Augen, mit der Zugspitze als fulminanter Krönung. Er dachte kurz an den Staatsanwalt Dieckmann und an die drohende Schilderung seiner vollbrachten alpinen Heldentaten. Verdammt nochmal, Bastians Eisstock lag noch immer hinten im Kofferraum!

Vor dem Gebäude der Polizeidirektion stieg Kreuzer aus.

»Wir bleiben in Verbindung«, sagte er. »Wenn ich was Neues weiß, schick ich dir ne Mail.«

»Und ich dir ein Fax.«

»Bis zum nächsten Mal.«

»Okay.«

Tagebuch, 26. Dezember

In der BILD fabelhafter Bericht. Ich werde immer besser, kaltblütiger.

Erst dachte ich, sie kommen nicht. Ich wollte schon rein in den Saal und die Leute anglotzen. Aber mein Warten hat sich gelohnt.

Ich habe zugestoßen wie ein Profi. Ich mache dem Drama ein Ende!

Große Aufregung im Kartell.

Der Boß dreht durch. Dabei sind wir erst am Anfang. Er wird sich noch wundern. Er muß dauernd aufs Klo, sagt er. Was zu beweisen war!

Ich lach mich kaputt!

Ömer Hatil schwer faßbar.

Hofbauer verbrachte den zweiten Feiertag im Tierpark Hellabrunn.

Auch alle anderen Münchner verbrachten den zweiten Feiertag im Tierpark Hellabrunn. Und ganz Bayern dazu. Zu sehen war nur die Giraffe, aufgrund ihres langen Halses.

Schlecht gelaunt fuhr Hofbauer ins Präsidium. Dort starrte er auf die Akte Linda Cordes' und auf die Notizen, die er sich über den Fall Trantow gemacht hatte.

Sich mit den Opfern zu befassen, das war wichtig. Also gut. Wer war zum Beispiel Linda Cordes alias Laureen?

Sie gehörte zur Drogenszene. Möglicherweise. Sie war die Besitzerin eines Friseursalons, die sehr zurückgezogen lebte. Ohne Familie. Die in einem seltsamen Atelier an der Würm wohnte, zusammen mit einem sogenannten Untermieter.

Und alle waren in sie verliebt. Der Eichhörnchenfresser auch? Das war noch zu klären. Der große Figaro Hatil hatte seine Liebe selbst zugegeben. Obwohl er mit Maria Foconi liiert war. Aber vielleicht hatte er ein großes Herz, in dem zwei Frauen ohne weiteres Platz fanden?

Hofbauer holte sich einen lauwarmen Automatenkaffee. Als er wieder in sein Büro zurückkehren wollte, stand plötzlich der Kollege Lichtlein vor ihm, verklemmt und erschrocken.

»Ich dachte, du bist auf den Kanarischen Inseln?«

Lichtlein machte den vergeblichen Versuch, sich in seinem Anzug zu verkriechen.

»Es ist, verstehst du, sagst du's nicht weiter?«

»Was denn?«

Der sonst so aufdringliche Mensch war die Verzagtheit in Person. Er zupfte Hofbauer am Ärmel und zog ihn ins Zimmer mit dem falschen Biedermeiertisch.

»Setz dich doch.«

»Danke.«

»Möchtest du eine Honigbrezel?«

»Nein.«

Hofbauer trank einen Schluck Kaffee.

»Es ist, verstehst du«, Lichtlein massierte sein schlecht rasiertes Kinn, »ich habe kein Geld. Meine Kinder brauchen ständig was zum Anziehn, sie wachsen wie die Riesen. Und die Miete ist sowieso unerschwinglich. Und die Heizung und der Strom hier in München, verrückt!«

»Das kenn ich.«

»Ich hab mein Konto total überzogen. Aber ich möchte nicht, daß es jemand erfährt.«

»Wieso kommst du dann hierher?«

»Weihnachtskrach.«

Lichtlein hockte unglücklich auf seinem Stuhl, erzählte irgendwas von allgemein herrschender, tödlicher Langeweile, von Feiertagsdepressionen, von anschwellender Mord- und Selbstmordrate zur Weihnachtszeit.«

»Es ist nichts schwerer zu ertragen, als eine Reihe von schönen Tagen«, zitierte Hofbauer.

»Sie waren ja gar nicht schön. Sie waren grausam.«

»Nun übertreib mal nicht!«

»Lassen wir's! Reden wir nicht mehr davon.« Der unerwartete Besucher machte eine wegwerfende Handbewegung. »Und dir«, Lichtlein versuchte, das Thema zu wechseln, »wie geht's dir? Was liegt zur Zeit an?«

Hofbauer berichtete kurz von den vergangenen Tagen, reichte ihm die schmalen Aufzeichnungen. Lichtlein betrachtete die Photos, las aufmerksam die Berichte.

Er war sichtlich froh über die Ablenkung.

»Paßt ja gut zu meiner Feiertagstheorie«, stellte er fest. »Diese Baugesellschaft Modul, die kenn ich übrigens. Da hat ein gewisser, laß mich mal nachdenken, ein gewisser Doktor Hägele seine Pfoten drin. Den Doktortitel hat er allerdings gekauft.«

»Woher weißt du denn das?«

»Von Roswitha. Sie arbeitet in einer Rechtsanwaltspraxis. Ich hab mich mal für die Dame interessiert.«

»Vor deinem Weihnachtskrach?«

»Schon vor Jahren.«

Dieser Kollege Lichtlein, sinnierte Hofbauer, zeigte unvermutet sympathische Züge. Und entpuppte sich als Frauenheld. So konnte man sich täuschen.

»Die Baugesellschaft sitzt in der Theresienstraße«, Hofbauer steckte das restliche Stück Brezel in den Mund. »Da schick ich mal Anita vorbei. Sie wollte morgen wieder da sein, ihr Patrick paßt auf den kleinen Oliver auf.«

»Wenn sie klein sind, geben sie wenigstens noch keine frechen Antworten.«

»Du bist ja ganz schön angeschlagen.«

»Meinst du?«

»Ja.«

»Na, das wird schon wieder werden.« Lichtleins Gesichtsausdruck paßte nicht ganz zu seinen Worten. »Dieser Hägele fährt nur BMW, immer das neueste Modell. Das nur zu deiner Info.«

»Interessant.«

Hofbauer dachte kurz darüber nach, ob er dem verzagten Kollegen von seinem Kummer mit Bastian erzählen sollte, ließ es aber dann doch sein. Zu viel Vertraulichkeit war ihm zuwider. Er versuchte, sich auf die Person Ricarda Trantow zu konzentrieren. Mord an Weihnachten? Lichtlein lag mit seiner Theorie möglicherweise gar nicht so weit daneben. Dieser Typ mit dem hellen Mantel, der bei der Trantow war, vielleicht war das ein rabiater Liebhaber, der seine Mieze in aller Öffentlichkeit erdolchte?

Hofbauer sah zu Lichtlein hinüber. Der stierte in eine Ecke, sprang plötzlich hoch und klopfte seine Taschen ab.

Die Zigarillos kamen zum Vorschein, Lichtlein griff sich eines heraus und steckte es in den Mund.

»Wenn ich dir helfen kann, null Problemo. Ruf mich ungeniert an!«

Er nahm ein Feuerzeug aus der Hosentasche, zündete das Zigarillo an, wobei er wie ein Wildhüter die Hand schützend vor die Flamme hielt.

»Übrigens, was ich da so verzapft habe, das mit dem Geld, vergiß es! Das war nur so ein Schwachsinn, völlig aus der Luft gegriffen. Meine Frau hatte Lungenentzündung, eine sehr starke sogar.« Die Rauchwolken stiegen nur scheinbar behaglich zur Zimmerdecke.

»Du hast aber doch ...«

»Wir hatten schon die Koffer gepackt und das Taxi bestellt. Und dann kam plötzlich dieser Anfall. Ich weiß nicht, ob du das nachempfinden kannst. Ob du schon mal so eine Enttäuschung miterlebt hast. Ich meine, damals, als du noch verheiratet warst.«

»Ich kann mich nicht erinnern.«

»Dann darfst du dich glücklich schätzen.«

»Glück ist ein relativer Begriff.«

»Sag dem Hägele einen schönen Gruß! Und frag ihn mal, wie teuer der Doktortitel war.« Die Dampfwolken bewegten sich Richtung Ausgang. »Wenn mein Urlaub zu Ende ist, helf ich dir. Damit die Sache ein wenig in Schwung kommt. So long.«

Und schon war er weg.

Gerade, als Hofbauer mit seiner Verblüffung fertig war, meldete sich das Telephon.

»Hier Kreuzer. Wir haben die potentielle Tatwaffe gefunden. Was sagst du jetzt, Herr Kollege?«

Bastian war Caligula. Er hatte das Zimmer abgedunkelt und die Fensterläden geschlossen. Dicke Vorhänge ließen auch nicht den kleinsten Lichtstrahl in den Raum. Er saß vor seinem Computer, regungslos, eingetaucht in das Universum von Eve. Caligula war sein zweites Ich, und Bastian und Caligula, beide zusammen, waren Global Players. Sie verschmolzen auf dem Bildschirm zu einer Einheit, die nahezu unschlagbar war.

World of Warcraft? Das war Kinderkram gewesen und war schon lange out. Seit Janick ihm die monatlichen Kreditkarten bezahlte, war Bastian Kämpfer im gesetzlosen Gebiet. Er hatte Erz geschürft im Asteroidengürtel, er hatte genügend Geld damit verdient, und dann hatte er sich ein Schlachtschiff gekauft. »Kleiner Prinz« nannte er es, in Erinnerung an das Buch von St. Exupéry, das ihm sein Vater so oft vorgelesen hatte.

Der kleine Prinz von früher wohnte auf seinem Asteroiden, einsam und allein. Caligula und sein Schlachtschiff aber hatten die Sphäre der Asteroiden längst hinter sich gelassen. Jetzt jagten sie die Feinde draußen, im Hyperraum, nach Belieben, schossen sie ab, daß die Fetzen flogen. Bis das Schlachtschiff explodierte.

Es dauerte zwei Wochen, dann hatte sich Bastian ein neues gebaut, »Kleiner Prinz II«. Und Caligula und sein Schöpfer tauchten wieder ein in das Reich von Eve. Es hatte ihn schlaflose Nächte gekostet, er wußte heute noch nicht, wie er diese Doppelbelastung, Schule und Schiffsbau, bewältigt hatte.

»Hallo, Birdie, bist du bereit?« Bastian sprach in sein Mikro, das er am Kragen befestigt hatte, und wartete. Birdie war sein Spielkumpel aus Madrid, er hatte ihn noch nie gesehen. Aber sie kämpften beide in der gleichen Allianz gegen die gleichen Feinde.

»Bist du bereit?«

»Roger!«

»Was hast du?«

»Whitch, Apokalypse, Asterix.«

»Geil!«

Bastians Schlachtschiff jagte hinaus in das Zielsystem LSC4-P. Sechs Raumschiffe warfen sich ihm entgegen, er aktivierte die Schutzsysteme, Caligula und Bastian oder Bastian und Caligula begannen, sich einzuschießen. Aber trotzdem war heute alles anders.

Der Global Player fand nur mühsam die richtigen Tasten, seine Hände waren feucht, es gelang ihm kaum, die nötigen Reparatursysteme anzuwerfen, die Energiereserven flottzumachen.

»He, was is los?«

Birdie wurde nervös.

»Warte, wir schaffen das!«

Bastian hatte vergessen, sich ein Frotteetuch zurechtzulegen. Das war ein fataler Fehler gewesen. Er konnte sich die Hände nicht sorgfältig genug abwischen, auch spürte er, daß sein Computer heiß zu werden begann. Er hätte sich doch diese Ummantelung bauen sollen, die den Computer hätte kühlen können. Dann wäre es nicht nötig gewesen, auf solche Nebensächlichkeiten Rücksicht zu nehmen.

Aber da war noch etwas. Etwas absolut Beunruhigendes.

Da war dieser Chat mit Thekla. Thekla hatte ihm ein Photo geschickt, per E-Mail. Bastian hatte sich in dieses Bild restlos verknallt, er hatte es ausgedruckt, auf Pappe geklebt und im Schrank versteckt.

Er kannte Thekla erst seit ein paar Tagen. Er hatte null Ahnung, wo sie wohnte. Aber was sie ihm per Chat zuflüsterte, hatte er noch nie erlebt. Sie war dreiundzwanzig, viel zu alt für ihn, auf dem Photo jedoch sah sie aus wie siebzehn. Sie war noch Jungfrau. Und sie sehnte sich nach dem »ersten Mal«, sie hatte es ihm geschrieben.

Aber da war auch noch Giulietta. Und Giulietta war sehr präsent, rief ihn immer wieder an, bedankte sich für den tollen Modeschmuck, den er ihr zu Weihnachten geschenkt hatte.

Bastian hatte noch nie zwei Freundinnen auf einmal gehabt. Auch wenn eine davon bisher nur als Chat existierte.

»Spinnst du? Die knallen uns ab!« Birdies Stimme spülte ihn in die Gegenwart zurück.

»Sorry!«

Es waren nur Sekunden gewesen, in denen Bastian nicht ganz bei der Sache war, aber es wäre beinahe schiefgegangen. Er konzentrierte sich aufs Neue. Reparaturen, Reserven, Nachbrenner. Bastians rechte Hand betätigte die Maus, klick und klick und klick, die Tastatur kam nicht zur Ruhe.

Er hatte auch versäumt, sich etwas zu trinken bereitzustellen. Seine Lippen klebten aneinander, als hätte man sie mit Leim bestrichen. Aber es war jetzt unmöglich, ganz und gar unmöglich, den Computer zu verlassen und ein Glas Wasser zu holen. Tastatur und Maus mußten in Bewegung bleiben, ständig, unablässig, bis der Sieg errungen war.

»Wahnsinn! Sie gehen down!«

»Wurde aber auch Zeit!«

»Wir zerfetzen sie!«

»Endgeil, ehrlich!«

Die Blaster von Kleiner Prinz II durchdrangen die Panzerung des Gegners. Die Raumschiffe zerknallten in einer gewaltigen Detonation, eins nach dem anderen.

Bastian hatte gewonnen. Caligula hatte gewonnen. Und Birdie, der Freund im Cyber Space.

Er schaltete den Computer aus. Und warf ihn sofort wieder an. Denn bald würde Thekla wieder mit ihm chatten. Thekla wohnte nicht weit weg von hier. Sie wohnte ganz nahe.

Er wünschte es sich so sehr.

Das potentielle Mordinstrument lag auf Kreuzers Schreibtisch. Es steckte in einem Klarsichtbeutel, eine etwa zwanzig Zentimeter lange, zugespitzte Eisenfeile.

»Wir lassen prüfen, ob das Ding in die Wunde der Trantow paßt«, sagte Hägele.

Hofbauer, der umgehend nach Bruck gefahren war, nickte zustimmend.

»Wo habt ihr es entdeckt?«

»Im Gebüsch, ein paar Meter vom Tatort entfernt.«

»Fingerabdrücke?«

»Natürlich keine.«

»Wir müssen unbedingt den Begleiter der Trantow finden.«

»*Wir* müssen ihn finden! Meine Leute und ich, nicht ihr. Der Mord an der Trantow ist unsere Angelegenheit!«

Hofbauer setzte sich auf den Stuhl, der auf der anderen Seite des Schreibtischs stand. Er hatte es von Anfang an befürchtet, war aber der trügerischen Hoffnung erlegen, Kreuzer, dieser patente Mensch, würde eine Ausnahme sein. Eine Ausnahme dieses albernen Gezerres, das nun doch zu beginnen schien, nur weil zwischen der toten Linda Cordes und der toten Ricarda Trantow die Landkreisgrenze lag. Meine Leiche, deine Leiche. Kripo Bruck, Kripo München.

Kreuzer wippte mit den Beinen, Hofbauer betrachtete ihn stumm. Er war sich nicht ganz sicher, ob der Kollege tatsächlich ernst meinte, was er gerade von sich gegeben hatte.

»Ich dachte«, Hofbauers Enttäuschung war deutlich zu spüren, »ich war der festen Meinung, wir würden zusammenarbeiten. Zwei Frauen wurden ermordet. In den Weihnachtsfeiertagen.«

Er sah dem Mann aus Fürstenfeldbruck offen ins Gesicht. »Ein Motiv ist bis jetzt nicht erkennbar. Auch die Art der Tötung ist bei beiden Opfern verschieden. Was aber die beiden Morde gemeinsam haben, du weißt das, mein lieber Kreuzer«, Hofbauer stand auf und stemmte die Fäuste auf den Tisch, »das ist dieses seltsame Päckchen Salz. Und da müssen wir ansetzen. Mit vereinten Kräften, du hast es selbst gesagt.«

Er setzte sich wieder hin.

Die Antwort, die Hofbauer bekam, war außergewöhnlich. Und hatte mit den angedeuteten Querelen nicht mehr viel zu tun. Glücklicherweise. Ob der Kollege aus München schon mal darüber nachgedacht habe, wie die arme Kaiserin Sisi umgekommen sei? Kreuzer nahm einen Bildband aus dem Regal und blätterte darin herum.

»Sisi, die österreichische Kaiserin«, er deutete auf ein Photo, »wurde 1898 in Genf ermordet. Von einem gewissen, hier steht's genau, Luigi Luccheni. Mit einer zugespitzten Eisenfeile. Mit etwa der gleichen wie die hier auf dem Tisch.« Er schob den Bildband wieder ins Regal zurück.

»Kennst du die Loyalen Ludwigsfreunde?«

»Nein. Kenn ich nicht. Aber was hat ...«

»Diese Ludwigsfreunde«, Kreuzer ließ Hofbauer nicht ausreden, »verehren König Ludwig zwo. In Starnberg und in München und was weiß ich, wo. Und Sisi und Ludwig waren ja mal so was ähnliches wie ein Liebespaar. Sie haben sich auf der Roseninsel getroffen, im Starnberger See, das ist geschichtlich erwiesen.«

»Ludwig war schwul.«

»Sag das mal ja nicht zu laut!«

Hofbauer verstand die Welt nicht mehr. »Du glaubst also, diese Ludwigsanbeter oder wie sie heißen, haben mit unseren beiden Mordfällen was zu tun? Ist das wieder so ein Geistesblitz von dir?«

Der Brucker Beamte ließ sich nicht drausbringen.

»Ich habe mich umgehört.« Er setzte eine sehr überlegene Miene auf. »Bei meinen Informanten der Starnberger Wermutbrüder. Sie sind sich sicher«, er lächelte, »daß dic Trantow mit den Loyalen Ludwigsfreunden verbandelt war. Berufsmäßig. Was sagst du jetzt?«

Hofbauer sagte zunächst einmal, er habe nicht gewußt, daß es in Starnberg so etwas wie Wermutbrüder gebe. Worauf sich Kreuzer entschloß, ein wenig weiter auszuholen.

»Du glaubst nicht, was da so abläuft«, sagte er, »rund um den See. Das ist Hartz vier, einerseits. Das sind die Typen, die Tag und Nacht an der Promenade sitzen. Mit der Flasche Bier in der Hand. Sie beobachten alles. Und sie sehen alles.«

Er ging auf und ab, dozierend wie ein Volksschullehrer der alten Schule. »Wir wissen nur ungefähr, wie viele es sind. Manche kommen zur Mittagstafel, manche nicht. Das sind Leute, die gestern noch in ihrer teuren Wohnung gelebt haben. Mit Frau und Kind. Und die langsam, aber sicher abwärts gerutscht sind. Weil sie ihren Job verloren haben. Ihr Auskommen, ihre Freunde.«

Er blieb stehen. »Das ist aber natürlich längst nichts Neues mehr. Das gibt es überall. Das heißt, für die Starnberger Republik ist es durchaus neu.« Er fing wieder an zu wandern.

»Denn da gibt es die Gegenwelt. Die High Society. Die Reichen und die Schönen. Die ihre Hecken nicht schneiden und die mit der Gemeinde Prozesse führen. Weil die hohen Herrschaften darauf bestehen, auch sonntags vom Johann den Rasen mähen zu lassen. Weil ihre Hunde nicht mehr in die Gegend kacken dürfen.«

Kreuzer stemmte die Arme in die Hüften.

»Und mit allen mußt du reden können. Wir von der Kripo genauso wie der kleine Landpolizist. Da kommt's auf die

Connections an. Wenn man da ein Verbrechen aufklären will, braucht man Fingerspitzengefühl.«

»Und das hast du?«

»Ja.«

»Und deshalb möchtest du den Fall ganz für dich alleine lösen?«

»Ich möchte jegliche Kompetenzüberschreitung vermeiden.«

»Du bist ein überzeugter Rechthaber!« Hofbauer erhob sich von seinem Platz. »Okay, macht nix. Ich werd mich dran gewöhnen. Aber das mit den Connections hab ich noch gar nicht gewußt!« Er grinste breit. »Das ist im Würmtal völlig anders!«

»Verarschen kann ich mich selber.«

»Vergiß es!«

»Wir müssen Erfolge haben, das ist es.«

Hofbauer lachte. »Du sagst ja doch wieder wir. Ich dachte, du willst alleine die Lorbeeren ernten?«

Kreuzers Antwort war typisch. »Es geht hier nicht um Lorbeeren, das weißt du so gut wie ich.«

Aber er wurde nachdenklich. Ganz gegen seine Gewohnheit, setzte er sich ruhig auf seinen Stuhl, überlegte, dann meinte er versöhnlich: »Irgendwo stimmt das, was du sagst. Lassen wir den Amtsschimmel mal in seinem Stall!«

Er streckte sich und verscheuchte eine Stubenfliege von der Decke. »Wir bilden die Soko Salz. Ist das, in etwa, in deinem Sinne? Aber wir sagen niemandem was davon. Einverstanden?«

»Gratuliere! Einzeln kämpfen und vereint schlagen! So ähnlich heißt das doch wohl.« Hofbauer war sichtlich erleichtert.

»Und das mit der Trantow stimmt? Ich meine, sie hatte wirklich und wahrhaftig bei den werten Herren der Ludwigsfreunde ihre Kundschaft?«

»Da bin ich mir ganz sicher.«

»Dann werde ich mich morgen noch mal um Liebig und Co. kümmern. In der Mordsache Linda Cordes. Irgendwann müssen ja auch die genauen Gutachten aus der Rechtsmedizin kommen.«

Er reichte Kreuzer die Hand.

»Ich freu mich auf deine nächste Mail. Auf deine Berichte. Gleicher Informationsstand ist angesagt. Mach's gut.«

Der Kollege aus Bruck kramte, statt einer Antwort, schon wieder nervös in seinen Unterlagen.

Sie standen vor dem Paradies an der Würm, Hofbauer und Anita, bei immer noch strahlend schönem Frühlingswinterwetter. Der Kommissar hatte seine Kollegin über die Ereignisse der vergangenen Tage in einigen brummigen Sätzen unterrichtet.

Anita ihrerseits hatte von den nicht unbedingt sehr gelungenen Feiertagen mit den Eltern und Schwiegereltern erzählt. »Die Männer haben über Fußball geredet und die Frauen von Kindererziehung. Es war abwechslungsreich und unterhaltsam.«

Hofbauer dachte an seinen Weihnachtsabend im Bräustüberl und auf dem Neunerbergerl. Dann verdrängte er die unerfreulichen Gedanken.

»Hallo!« Rainer Liebig saß in Unterhemd und Army-Hose vor seinem Domizil und blinzelte in die Sonne. »Ich kenn euch«, sagte er. »Ich hab euch schon mal gesehen.«

»Donnerwetter!« knurrte Hofbauer.

»Wißt ihr was?« Liebig machte einen Lungenzug, dann ließ er den Zigarettenstummel neben sich auf den Boden fallen. »Heute ist Montag«, er geriet ins Grübeln. »Und gestern war Sonntag. Und der zweite Feiertag. Alles gleichzeitig. Prall!«

Hofbauer zuckte die Achseln. »Ich möchte mich noch ein wenig mit dir unterhalten«, erklärte er.

»Muß das sein?«

»Ja. Es geht immer noch um Linda Cordes.«

»Sagt mal«, Liebig schien sich zu erinnern, »habt ihr den Killer schon gefaßt?«

»Nein.«

»Das ist blöd. Und das schlimmste ist, ich hab nicht mal nen schwarzen Anzug. Wenn die Linda beerdigt wird, hab ich nichts Feierliches anzuziehen.«

»Kennst du Herrn Doktor Hägele?« wollte Anita wissen. »Doktor Ernst Hägele?«

»Wer soll'n das sein?«

»Er ist der Besitzer dieses Schuppens hier.«

»Kenn ich nicht. Ich war bei Laureen in Untermiete, nicht bei irgendeinem Hägele oder so. Das hab ich euch doch schon tausendmal erzählt!«

Ärgerlich mischte sich Hofbauer in das Gespräch. »Die Baugesellschaft Modul ist dir auch noch nie begegnet?«

»Nee!«

»Und Ricarda Trantow? Ebenfalls Fehlanzeige?«

»Ricarda, wie bitte? Wer soll denn das nun wieder sein? Warum löchern Sie mich ständig? Ich wohn hier so vor mich hin, echt friedlich, aber Sie, Sie fragen mich nach nem ganzen Telephonbuch!«

Er schlurfte in sein Atelier. Ohne Eile schlenderte Hofbauer hinterher. Der junge Mensch hatte sich auf sein Sofa gesetzt, im Kampf mit einem seltsam dumpf klingenden Hustenanfall.

»Wo warst du am 23. Dezember, kurz nach neunzehn Uhr?«

»Was soll'n das? Was is'n das, 23. Dezember?«

»Das ist der Tag vor Weihnachten.«

»Vielleicht war ich auf ner Party. Vielleicht auch nicht. Vielleicht war auch hier ne Party. Hier, bei mir.« Es sah so aus, als würde er sich erinnern. »Ja, ich war hier. Echt. Auf ner Party.«

»Gut.« Der Kommissar tat so, als würde er es glauben. »Nehmen wir mal an, das stimmt. Wer war noch mit dabei, hier, auf deiner Party? Name? Adresse?«

Statt eine Antwort zu geben, fing Liebig erneut an zu husten. Er keuchte, spuckte, hielt sich schützend ein Taschentuch vors Gesicht.

»Hamma Zeugen oder nicht?« fragte Hofbauer ungerührt.

»Wozu denn? Wozu brauch ich denn irgendwelche Zeugen für ne Party?«

»Weil Ricarda Trantow tot ist. Sie wurde erdolcht. Am Ufer des Starnberger Sees.«

»So ein Scheiß!« Liebig hockte da, trotz seines kraftvollen Kommentars seltsam teilnahmslos, mit geschlossenen Augen.

»Sagen Sie mal«, es schien ihm langsam zu dämmern, »soll ich vielleicht diese, wie heißt sie, Ricarda abgemurkst haben? Und die Laureen auch?« Er schnaufte sich in Rage. »Und noch zehn andere Weiber dazu? Spinn ich oder was?«

Er begann, sich eine Zigarette zu drehen. Er verschüttete den Tabak, fand kein Papier, riß sich ein Stück einer alten Zeitung ab, bastelte sich ein abenteuerliches Ding, das er mit einem grün gefärbten Streichholz in Brand setzte. Alles im Zeitlupentempo, langsam, eins nach dem anderen. Minuten vergingen.

»Zehn Morde«, murmelte er. »Ich kann's nicht fassen.«

«Hast du die Trantow gekannt? Ja oder nein?«

Liebig schmiß den Rest der Zigarette in einen offenen Kamin, in dem schon mehrere Stummel versammelt waren.

»Ich bin momentan irgendwie destruktiv, oder wie das heißt. Ich steh total neben mir.« Er machte eine Geste der Hoffnungslosigkeit. »Weil heute Montag ist. Aber das hatten wir, glaub ich, schon.«

»Jetzt hör endlich mal auf mit diesem lächerlichen Geschwafel!« fauchte Anita. »Bist du besoffen? Bekifft? Dann sag's uns, damit wir Bescheid wissen!«

Der Mann auf dem Sofa hörte gar nicht zu. Er konzentrierte sich auf Hofbauer, er versuchte es zumindest, dann sagte er treuherzig: »Also meinetwegen. Ist ja eh alles egal.« Er schien so etwas wie die zweite Luft zu bekommen. »Wenn Sie's unbedingt wissen wollen. Ich hab die Ricarda gekannt.«

Die beiden Kriminaler horchten auf.

»Ich war mal bei ihr, hab sie besucht, zwei oder dreimal. Es ging nicht anders. Sie ist so ne Art Freudenmädchen, aber das wissen Sie ja, oder?«

»Wir wissen es.«

»Und ich hatte den totalen Samenstau.« Er sah zu Hofbauer hinüber. »Kennen Sie das?«

»Ja, nun, ich meine ...« Der Kommissar räusperte sich, während seine Kollegin interessiert das Bild mit dem schwarzen Fleck betrachtete.

Liebig gab die Unschuld vom Lande. »Das war irgendwann vor drei Wochen«, erklärte er.

»Wann genau?«

»Aber Herr Kommissar! Ich schreib das doch nicht auf.«

»Okay.«

»Ich bin ein einsamer Zeitgenosse. Mehr als einsam. Seit Linda tot ist, aber mit Linda hatte ich nichts, Ehrenwort«, er hustete kräftig, »jetzt ist auch Ricarda tot. Erklären Sie mir das mal. Warum sind die alle tot?«

»Du fragst ziemlich viel.«

Liebig produzierte eine steile Falte auf der Stirn, dann sagte er: »Ich möcht jetzt schlafen. Ich bin total groggy.«

»Du hast Drogen genommen, stimmt's?«

»Ich muß nich auf alles ne Antwort geben.«

»Ecstasy?«

»Ich geh mal pinkeln.«

Er schlurfte zur Toilette, ließ aber die Tür offen, so daß die beiden Kriminaler das Vergnügen hatten, ihm bei seiner Verrichtung zuzuschauen. Liebig kehrte zurück, ließ sich wie ein Stein wieder auf das Sofa fallen.

Anita fragte, so als ob es ihr plötzlich eingefallen wäre: »Hast du Eisenfeilen?«

»Was soll ich haben? Was soll denn das jetzt wieder? Ich schaffe Kunst. Bilder. Gemälde. Mit Spachtel und Pinsel. Aber nicht mit Feilen.«

»Dürfen wir das mal überprüfen?«

Anita sah kurz zu Hofbauer hinüber, der gab mit einer Kopfbewegung zu verstehen, daß er einverstanden war.

Der Mann auf dem Sofa rief mit schwacher Stimme: »Ich kenne nen Rechtsanwalt, einen guten sogar.« Dann murmelte er: »Sie dürfen das nicht.« und bedeckte seinen Kopf mit seinem Halstuch, das er unter dem Kissen hervorzog. »Ich geb's auf.«

Sie begannen mit der Suche, routinemäßig, wie Anita feststellte. Es gab drei Schränke, in denen noch Kleider und Wäsche von Linda Cordes hingen. Es gab eine Truhe mit Jeans, Hemden und Schuhen, die offenbar Rainer Liebig gehörten. Nebendran war Liebigs Nachtlager. In einer Kammer stand das verwaiste Bett der Cordes.

Sie fanden eine Menge Werkzeug in einer Schachtel mit Beißzange, Hammer, Bohrer und unzähligen Nägeln. Dazu eine Säge, Fahrradpumpen, Schnüre, leere Plastiktüten. Sie fanden fünf Feilen, sehr verrostet und sehr spitz.

Mit ungläubigem Staunen nahm Hofbauer die Kiste und stellte sie auf den Tisch.

»Wo ist das Salz?« platzte Anita heraus.

Liebig zog das Tuch von seinem Kopf und sah die beiden Beamten an, mit tellergroßen Augen.

»Welches Salz? Wollt ihr was essen oder so? Ich hab nichts da, der Kühlschrank ist leer.«

»Wo warst du am 23. Dezember, kurz nach neunzehn Uhr?«

»In der Hölle.«

»Hast du die Trantow getötet?«

»Nein!«

Liebig schoß in die Höhe, kotzte in hohem Bogen auf den Tisch und brach zusammen. Als der Notarzt kam, war er nicht mehr ansprechbar.

Der junge Mann lag auf der Bahre, käseweiß, die Kanüle im Arm. Die Sanitäter erkundigten sich besorgt, was vorgefallen war. Hofbauer gab kurz Auskunft, ohne allerdings Genaueres zu verraten, was ihre Ermittlungen betraf. Man verständigte sich auf Kreislaufkollaps, die Rettungsengel notierten Namen und Adressen des Patienten und der Kommissare und verschwanden.

Hofbauer packte die Feilen in eine der Plastiktüten. Einer plötzlichen Eingebung folgend, legte er die in der Kochnische herumstehenden zierlichen Salzstreuer, acht an der Zahl, in eine weitere Tüte. Die Vorratsschachtel, hinter einer enormen Anzahl von Gewürzdosen versteckt, gab er ebenfalls dazu.

Dann verließ er mit Anita das Atelier.

Er drückte die Türe zu, suchte allerdings vergeblich nach einem Schlüssel. Am Würmufer blieb er stehen, hob einen Stein auf und ließ ihn wieder fallen.

»Keine Lust.«

Hofbauer drehte sich um, setzte sich ans Steuer. »Der Mann hat mit der ganzen Sache nichts zu tun«, murmelte er. »Er ist harmlos.«

»Er nimmt Drogen.«

»Aber er ist viel zu doof und viel zu antriebsschwach, um zwei Morde zu begehen. Er hat keinerlei kriminelle Energie.«

»Warum haben wir dann die Feilen und das Salz mitgenommen, Chef?«

Statt einer Antwort startete Hofbauer den Wagen, fuhr ein paar Meter zurück und bahnte sich einen Weg über die vielen Schlaglöcher zur Straße.

»Meine Leiche, deine Leiche!«

»Wie bitte?«

»Ich fürchte, ich hab dem Kollegen Kreuzer ein wenig zu sehr ins Handwerk gepfuscht.« In kurzen Sätzen berichtete er von seinem Disput über eine eventuelle »Einmischung über die Landkreisgrenzen hinweg«.

»Das ist Realsatire«, sagte er, »leider. Aber ich hoffe, wir werden nicht allzu oft drüberstolpern.«

Hofbauer stand noch immer an der Einmündung zur Landstraße. Nach einer Minute des Nachdenkens stieg er aus, wortlos, und öffnete den Kofferraum. Der Eisstock lag an seinem Platz, wie gehabt. Der Kommissar ging wieder nach vorne.

»Den hätt' ich jetzt beinahe vergessen«, sagte er zu seinem Lenkrad.

Er fuhr nach Planegg zurück, den altvertrauten Weg. Er parkte vor dem Haus, das nicht mehr sein Haus war.

»Tust du mir einen Gefallen?«

»Klar, Chef!«

»Ich bin in fünf Minuten wieder da.«

Sie lächelte nachsichtig.

E-Mail Kreuzer an Hofbauer

Montag, neun Uhr achtunddreißig

Hallo Peter,
die Ludwigsfreunde haben morgen, Dienstag, zwanzig Uhr, im Hotel Kaiserin Elisabeth in Feldafing ihre Weihnachtsfeier. Vier Tage nach *dem Fest! Kommst du mit?*
Gruß, Kreuzer. Kripo Bruck.

Hofbauer nahm den Eisstock aus dem Kofferraum, ging zur Eingangstür, läutete.

»Was willst du denn?« fragte seine Frau, nachdem sie geöffnet hatte. Sie hatte wieder den labberigen Trainingsanzug an, den er von seinem letzten Besuch her schon kannte. Auch trug sie eine Brille, was ihn sehr überraschte. Er stellte fest, daß die Brille durchaus zu ihr paßte, sie sah etwas strenger damit aus, allerdings nur auf den ersten Blick.

»Ich möchte Bastian den Eisstock überreichen.«

»Bastian ist momentan nicht ansprechbar.«

»Das werden wir ja sehen!«

An Claudia vorbei, steuerte er auf das Zimmer seines Sohnes zu. Ohne anzuklopfen trat er ein. Bastian saß vor dem Computer, den Blick auf dem Bildschirm festgenagelt. Stickige Luft um ihn herum, Wasserflaschen und ein angebissenes Brot lagen in Reichweite.

»Hallo.«

»Hallo.«

»Wie geht's?«

»Prima.«

»Was machst du?«

»Ich kille NPCs, brauch wieder mal ein paar neue Items. Außerdem mach ich X-Fire und Teamspeak, ich hab heut nämlich übelst viele Fenster offen.«

Hofbauer verstand kein Wort. Er ließ den Eisstock auf den Boden fallen, ohne daß sein Sohn auch nur den Kopf umwandte.

»Sag mal, bist du die ganzen Feiertage vor diesem Kasten gesessen?«

»Ich glaub schon. War ja sonst nichts los in Planegg. Und nach München fahr ich nicht. Viel zu teuer.«

»Keine Flatrate-Partys mehr? Keine Alcopops?«

»Shit!«

»Gehn wir eine Runde spazieren?«

»Viel zu öde.«

»Oder spielen wir Karten?«

»Viel zu langweilig.«

Der Vater versuchte, seinen Sohn, auf welche Weise auch immer, von der Quadratur des Wahnsinns, vor dem er saß, wegzulotsen, aber es gelang ihm nicht. Und er dachte darüber nach, ob er vielleicht sogar erleichtert sein sollte, was die Abstinenz der Flatrate-Partys und der Alcopops betraf.

»Ich leg das Weihnachtsgeschenk für dich hier in die Ecke. Es ist ein super Eisstock! Vielleicht wird's doch noch frostig. Ende Januar gibt es ja meistens eine überraschende Kältewelle.«

»Sicher gibt's eine Kältewelle. Im Sommer.«

Hofbauer konnte von der Seite her erkennen, daß sein Sohn immerhin grinste.

»Ich finde es nicht gut, daß du wochenlang hier herumhockst.«

Bastian bediente Maus und Tastatur, ohne hinzusehen. »Ich muß nebenbei auch E-mails erledigen, es kommt eine Menge rein, leider viel Zeug zum Wegschmeißen, Spams und so weiter.« Er drehte sich um. »Aber ich bin kein Suchti, keine Angst. Schach macht süchtig, zum Beispiel.

Der Ralph aus meiner Klasse spielt nächtelang Schach. Der hat eine Meise, echt.«

Das mittägliche Sonnenlicht flutete durch die Ritzen der Jalousien, es war für Hofbauer unbegreiflich, wie man bei diesem Wetter vor dem Bildschirm sitzen konnte. Wenn man nicht unbedingt mußte.

»Ich zeig dir was.«

Bastian tippte auf eine der Tasten, und es öffnete sich ein grelles, exotisches Universum. Sonnen, Monde und Planeten erschienen, und mittendrin steckte ein Schlachtschiff, in dessen Cockpit eine männliche Figur herumlief, behängt mit fremdartigen Geräten und glitzerndem, scheinbar nutzlosem Schnickschnack.

»Das ist Caligula.« Bastian deutete mit dem Kinn auf die Figur. »Caligula bin ich.« Der Stolz in seiner Stimme war unüberhörbar und beklemmend zugleich.

»Mein Schlachtschiff heißt Kleiner Prinz II, nach dem Buch, weißt du, das du mir immer vorgelesen hast. Kleiner Prinz I ist leider im ewigen Raum verschollen.« Er bekam rote Ohren. »Ich geh jetzt ins gesetzlose Gebiet, Sicherheitsstatus Nullkommanull. Alle gegen alle.«

Hofbauer erinnerte sich an das Abenteuer im Kunstpark Ost, als sein Sohn im Wettstreit gegen einen anderen Knaben auf einer überdimensionalen Leinwand reihenweise Königinnen explodieren ließ. Schon das war schauerlich genug gewesen.

Bastian, der wie in Trance auf den Tasten herumklimperte, betätigte sich nebenbei auch noch als Gedankenleser.

»Was du da siehst«, sagte er, »ist Real Life, das wahre Leben. Nicht der Kinderquatsch von früher.«

»Sein oder Nichtsein, das ist hier die Frage«, murmelte Hofbauer.

»Genau! Kennst du das auch?«

»Flüchtig.«

Der Sohn hatte keinen Sinn für Ironie. Zumindest nicht im Augenblick. Der Vater stellte fest, daß der Caligula auf dem Bildschirm, was das Outfit betraf, auf der Bühne ohne weiteres als moderner Hamlet durchgehen konnte. Zaudern und Zagen war bei Bastian beziehungsweise Caligula allerdings nicht festzustellen. Ihr Raumschiff sandte Tausende von Laserstrahlen aus, mit atemberaubender Geschwindigkeit, und die feindlichen Elemente explodierten wie seinerzeit die Königinnen.

»Hast du nicht irgendwann mal genug von diesem Unfug?«

»Das ist kein Unfug.«

»Was dann?«

»Reines Adrenalin. Das kriegst du sonst nirgends.«

»Stimmt nicht. In Verbrecherkreisen kommt eine Adrenalinausschüttung sehr häufig vor. Und in meinem Beruf auch hin und wieder.«

Bastian befestigte ein winziges Mikro an seinem Hemdkragen und begann, sich mit einem unsichtbaren Wesen im Weltraum zu unterhalten.

»Ihr seid doch auch froh, daß es Computer gibt. Ohne die könntet ihr doch gar keine Mörder mehr fangen.«

Hofbauer stellte fest, daß die letzten beiden Sätze an ihn gerichtet waren, und nicht an das unsichtbare Wesen.

»Okay«, er überlegte kurz, dann sagte er: »Fahndungsarbeit am Bildschirm, um nur ein Beispiel zu nennen, ist enorm wichtig geworden. Unser Daktyloskop, so nennt man den Kollegen, kann an seinem Computer über dreißig Millionen Fingerabdrücke mit aktuellen Tatortspuren vergleichen. Natürlich braucht man da einen Zentralcomputer, eine Vernetzung, eine spezielle Software, verdammt nochmal, ich red jetzt schon fast so wie du!«

»Fast«, bestätigte Bastian. Und widmete sich wieder Caligula, seinem zweiten Ich. Die Stimme aus dem Weltraum brabbelte vor sich hin, Bastian begann zu schwitzen. Adrenalin pur.

Hofbauer sah zur Uhr.

Gut zwanzig Minuten waren vergangen, er hatte es nicht gemerkt. Erschrocken riß er die Tür auf, lief noch einmal zurück und klopfte seinem Sohn auf die Schultern.

«Ich muß weg! Wenn es Eis gibt auf den Seen, melde ich mich!«

»Klar.«

»Giulietta ist noch aktuell?«

»Du meinst Thekla.«

»Ach ja, Thekla. Wo wohnt sie denn?«

»Ganz nahe.«

»Mach's gut.«

Hofbauer versuchte, nicht eifersüchtig zu sein. Auf den Computer. Auf die Monster. Auf die unsichtbare Thekla. Beim Verlassen des Zimmers gab er sich Mühe, nicht über den Eisstock zu stolpern. Mit einem kurzen Kopfnicken rannte er an Claudia vorbei, hinaus zu seinem Wagen.

Der war leer. Ein Briefchen steckte hinter dem Scheibenwischer. »Bin ins Präsidium gefahren. Anita.«

Hofbauer stopfte den Zettel in die Jackentasche und klemmte sich hinter das Lenkrad. Er war sich unschlüssig, ob er wütend sein sollte oder nicht. Nach ein paar Sekunden innerer Sammlung griff er zum Handy und tippte Anitas Nummer ein. Sie saß in der S-Bahn, er hörte deutlich das Surren und Rauschen im Hintergrund.

»Warum läufst du einfach weg?« knurrte er.

»Ich wollte nicht stören, Chef. Ich wußte ja nicht, wie lange es noch dauern würde.«

»Du hättest ruhig reinkommen können.« Er überlegte kurz, welchen Eindruck Claudia in ihrem Trainingsanzug wohl auf die immer modisch gekleidete Anita gemacht hätte. »Wäre auch für dich interessant gewesen.« Er mußte innerlich lachen. Dann sagte er: »Bastian ist jetzt Besitzer eines virtuellen Schlachtschiffs. Er jagt nach Items oder wie der Schwachsinn heißt.«

»Real Life ...«, Anita kannte sich aus, »da hat er sich aber was Tolles ausgesucht.«

»Reden wir lieber nicht davon.« Hofbauer wechselte genervt das Thema. »Ich wollte dich bitten, mal zu dieser Baugesellschaft zu fahren.«

Er bemühte sich, wieder Sachlichkeit in das Gespräch zu bringen.

»Mach ich«, sagte Anita.

»Wo bist du jetzt?«

»Kurz vor dem Hauptbahnhof.«

Er überlegte. »Okay. Dann fahr doch bitte noch ein Stück weiter bis zum Isartor und geh zur Thierschstraße 27. Wir brauchen Informationen über Modul und Co. Vielleicht hast du Glück, und der ominöse Hägele ist endlich mal da. Könnte ja sein.«

Anita versprach, ihr Möglichstes zu tun.

Hofbauer bat sie, anschließend noch ins Büro zu kommen, dann steckte er sein Telephon wieder in die Tasche. Seine schlechte Laune war zu mindestens siebzig Prozent verflogen.

In der Ettstraße prüfte er routinemäßig das, was per Mail angekommen war. Neben dem üblichen Schund, der sogar die Polizeicomputer nicht verschonte, fand er die Nachricht Kreuzers. Er freute sich und warf auch die restlichen dreißig Prozent Unmut aus dem Fenster.

Dann widmete er sich den umfangreichen Stößen Papier auf seinem Schreibtisch. Unsichtbare Geister, die trotz der noch immer andauernden Ferien tätig waren, hatten sie fein säuberlich aufgestapelt: Neue und ganz neue Anweisungen, wichtige und weniger wichtige Verordnungen und Rundschreiben.

Darunter die vorläufig endgültigen Berichte der Gerichtsmedizin und der Spurensicherung im Fall Linda Cordes. Gespannt begann er zu lesen.

Die Cordes hatte, das stand fest, keine Möglichkeiten gehabt, sich zu wehren. Sie war erdrosselt worden, in ihrem Smart. Unter ihren Fingernägeln wurden keinerlei Hautpartikel gefunden, die auf einen eventuellen Kampf hingedeutet hätten. Linda Cordes, auch das wurde vermerkt, hatte mit einer bakteriellen Nierenbeckenentzündung zu tun gehabt. Sie hatte Ecstasy zu sich genommen, vermutlich schon seit längerer Zeit. Die Haaranalyse hatte es eindeutig ergeben.

Interessant war das Gutachten des Landeskriminalamts. Die LKA-Leute hatten Fasern einer blauen Levi's-Jeans-Jacke gefunden, an der Kleidung der Toten und im Auto.

Auf dem kleinen Päckchen Salz hatte man, nach sehr sorgfältiger Suche, den winzigen Teil eines Fingerabdrucks entdeckt. Leider war der Abdruck bis jetzt kaum auszuwerten gewesen, man solle sich auch weiterhin nicht allzu viele Hoffnungen machen, teilten die Kollegen mit.

Hofbauer legte die Papiere auf den Tisch. Er machte es sich bequem, angelte sich den Besucherstuhl und schichtete beide Beine darauf. Er verschränkte die Hände hinter dem Kopf und schickte seine Gedanken auf die Reise.

Eine Besichtigung des Salzbergwerks Berchtesgaden fiel ihm wieder ein. Vor etwa zehn Jahren war das. Claudia und Bastian waren dabei, ihr Familienleben hatte damals noch keine Risse gehabt.

Ach ja, richtig! Da war diese lustige Kluft, die man anziehen mußte, bevor man in die unterirdischen Gänge einfuhr. Man setzte sich rittlings hintereinander auf eine ganz spezielle Bahn, und dann wurden alle photographiert. Wenn er sich recht erinnerte, klebte das Photo noch im Familienalbum. Das Album selbst hatte Claudia für sich behalten.

Da war auch noch dieser See gewesen, über den sie schaukelten. Bastian hatte Angst gehabt und sich völlig unmännlich an seine Mutter gedrückt. Zum Schluß hatten sie eine Schachtel mit kleinen, farbigen Salzwürfeln gekauft.

Hofbauer war gerade damit beschäftigt zu ergründen, was die einzelnen Würfel bedeutet hatten, als Anita eintrat. Sie sprühte Gift und Galle.

»Doktor Hägele? Sie wollen Doktor Hägele sprechen? Einfach so? Ohne Anmeldung?«

Erschrocken nahm Hofbauer seine Beine von dem Besucherstuhl. Anita ergriff den Stuhl und stellte ihn unsanft in die Mitte des Zimmers.

»Entschuldigung, Chef! Aber die haben getan, als wären sie die Vorzimmerdamen vom lieben Gott.«

Sie nahm Platz. Langsam beruhigte sie sich. »Ich weiß Chef, ich soll immer entspannt bleiben. Aber manchmal fällt's eben schwer. Dabei gibt es gar keinen Doktor Hägele. Jedenfalls nicht bei dieser Modulbande.«

»Wo denn dann?«

»Ich hab mich bei einem jungen Mann erkundigt, der mir von einem anderen jungen Mann empfohlen wurde. Beide waren übrigens sehr nett.«

»Aha!«

»Die Modulbande, das hab ich immerhin rausgekriegt, gehört zu einer Firma in Düsseldorf. Dort scheint auch Doktor Hägele herumzuspuken. Momentan taucht er allerdings irgendwo in den Gewässern der Balearen nach großen und kleinen Fischen.«

Hofbauer mußte an die Geschichte denken, die ihm Lichtlein erzählt hatte. Er wollte schon den Mund aufmachen, als ihm gerade noch Lichtleins kleine Lüge mit der

Urlaubsreise einfiel. Es wäre nicht fair gewesen, davon zu plaudern.

»Linda Cordes hat Ecstasy konsumiert«, sagte er. »Die Berichte sind inzwischen gekommen.«

»Dann müssen wir in der Szene nachforschen.«

»Oder nach Berchtesgaden fahren.«

»Jetzt versteh ich gar nichts mehr, Chef.«

»War nur Spaß. Aber trotzdem«, Hofbauer deutete auf die beiden Tüten auf dem Tisch, »bringst du die Feilen noch heute zur Gerichtsmedizin? Und das Salz ins Labor? Oder mußt du zu deiner Familie?«

»Ich geb sie dem Fritz, der macht das gerne.«

»Dem Fritz?«

»Das ist ein netter Kerl, hier aus dem ersten Stock.«

»Die netten Kerle sind also noch nicht ausgestorben.«

»Zum Glück.«

Hotel Kaiserin Elisabeth, Feldafing am Starnberger See, aktuelle Homepage:

»Seien Sie herzlich willkommen im Golfhotel Kaiserin Elisabeth! Mit seinem herrlichen Park und der traumhaften Aussicht über den Starnberger See ist es kaum verwunderlich, daß hier einer der Lieblingsorte der Kaiserin Elisabeth von Österreich war. Zum Andenken an die unvergeßliche Sisi hält unser Hotel ihren Namen in Ehren. Als idealer Ausgangspunkt für Golfer, Wassersportler und Wanderer sowie als geeigneter Platz für die Ausrichtung aussichtsreicher Tagungen und stimmungsvoller Feste könnte es auch Ihr Lieblingsort werden.«

Es war Dienstag, der 28. Dezember, kurz vor halb acht Uhr abends. Kriminalhauptkommissar Kreuzer stand vor dem Hotel und fror. Ein kalter Wind fauchte vom See herüber, vielleicht war der Wettergott eben dabei, sich auf seine ursprünglichen Pflichten zu besinnen.

Der Wind schob eine nicht geringe Anzahl feudaler Limousinen vor sich her, die mit schnurrenden Motoren zum Parkplatz rollten. Die Ludwigsfreunde fuhren nahezu ausschließlich BMW, was auch durchaus zu der vornehmen Umgebung paßte.

Jemand tippte Kreuzer auf die Schulter.

»Guten Abend, Herr Kollege! Samma gsund?«

»Hallo! Du bist's!«

Kreuzer begrüßte den Freund aus München.

»Gut, daß du gekommen bist. Hast du die Zeitungen schon gelesen?«

»Natürlich.«

»Alles ganz schön happig.«

»Wie man's nimmt.«

Hofbauer war die Ruhe selbst. Er deutete auf die prunkvolle Eingangstür. »Geldadel verpflichtet«, grinste er.

Sie stiegen die Treppe hinauf, gingen ins Foyer und waren sofort von einem Schwarm leutselig plaudernder Damen und Herren umgeben.

Man trug Dirndl und Trachtenanzug, hielt gefüllte Sektgläser in der Hand und zeigte deutlich, daß man sich schon seit Jahren kannte. Ein paar Neuankömmlinge gesellten sich dazu, die Küsse und das ausführliche Schulterklopfen nahmen ihren Fortgang.

Hofbauer, der keinen Sekt mochte, hielt vergebens nach einem frisch eingeschenkten Bier Ausschau.

»Was nicht ist, kann noch werden«, sagte er hoffnungsvoll.

Die beiden Kriminaler standen, ein wenig abgedrängt von der Menge, nicht unbedingt glücklich neben einem gut gepolsterten Menschen, der aussah wie ein Wiesnwirt.

»Ich wär ja gar nicht gekommen«, sagte der Wiesnwirt zu seiner ebenfalls recht voluminösen weiblichen Begleitung, »aber die Ehrung, die dürfen wir nicht versäumen.«

»Und wo ist deine Frau?«

»Ist unpäßlich!«

Hofbauer spürte, daß er und Kreuzer in ihren Straßenanzügen nicht unbedingt in die Umgebung paßten. Er musterte den Kollegen, versuchte in dessen Gesicht zu lesen, ob der ebenso empfand. Aber Kreuzer war wie immer. Er hatte sich ein Glas Saft gefischt, wippte mit den Füßen und beobachtete nervös und mit konzentrierter Aufmerksamkeit jeden einzelnen.

Langsam begab man sich in einen mit Tannengrün geschmückten Tagungsraum. Man setzte sich, immer noch lebhaft plaudernd, an die dekorierten Tische.

Ein leutselig dreinblickender Mann kam auf sie zu.

»Sie sind Gäste?« fragte er. »Dann darf ich Sie herzlich begrüßen. Ich bin der Zeremonienmeister, gewissermaßen. Übrigens, Adler, Florian Adler.«

Er lächelte gewinnend und führte die beiden Fremdlinge an einen Tisch, an dem schon ein älteres Ehepaar Platz genommen hatte. Man begrüßte sich zuvorkommend. Kreuzer machte Konversation, Hofbauer und das Ehepaar hörten zu.

Plötzlich standen alle auf.

Ein Bläserquartett hatte die Bühne erklommen, und die Bayernhymne erklang. Alle sangen mit. Wieder schielte Hofbauer zu seinem Freund hinüber. Der bewegte die Lippen, lautlos, etwa so, wie man es von den Fußballspielern vom Fernsehen her kannte. Dabei machte er ein todernstes Gesicht.

Man setzte sich wieder, in erhabener Stimmung.

Es folgte eine Ansprache. »Pflege des bayerischen Brauchtums. Genauere Erforschung der Bedeutung Bayerns im neunzehnten Jahrhundert. Erhaltung der Erinnerung an unsere geliebte Kaiserin Sisi.«

Nach der Ansprache gab es einen Gastvortrag über aussterbende Vogel- und Pflanzenarten in Bayern. Der Vortragende sah aus wie die Miniaturausgabe Rübezahls, mit langem Bart und abgenutzter Bundlederhose. Aber was er sagte, war witzig und humorvoll dargebracht.

Dann erzählte eine Lehrerin von ihren Bemühungen, die bayerische Sprache rund um den Starnberger See wieder einzuführen. Was sehr schwierig war, wie sie bedauernd zu verstehen gab.

Zwischendurch wurden kleine, belegte Semmeln gebracht, und Hofbauer erhielt sein sehnlichst erwartetes Glas Bier.

Das Programm nahm seinen Lauf. Mit einem Weihnachtslied, intoniert von dem Bläserquartett, und mit einem Weihnachtsgedicht, aufgesagt von einem zehnjährigen Mädchen.

Es folgten die unvermeidlichen Ehrungen. Der Zeremonienmeister bat eine Dame und zwei Herren auf die Bühne. Eine Frau Kreitmeier, einen Herrn Huber (der Wiesnwirt) und einen Herrn Doktor Hägele.

Hofbauer wurde hellhörig. Okay, Hägele war ein häufig vorkommender Name, und außerdem befand sich der gesuchte Mensch, laut Anita, zur Zeit auf den Malediven. Und trotzdem: Vielleicht hatten die Damen der Modulbande schlicht gelogen? Aber was, verdammt nochmal, hatte dieser Mensch hier zu suchen?

Inzwischen wurde Frau Kreitmeier für zehnjährige Mitgliedschaft geehrt. Der Wiesnwirt ebenfalls. Doktor Hägele, etwa Mitte fünfzig, mit biederem Blick, erhielt die Ehrennadel in Silber. Für fünfundzwanzig Jahre Treue.

Tusch, Applaus, Händeschütteln.

Hägele bat ums Wort. Mit überraschend geübter Stimme begann er zu sprechen. Daß er stolz sei. Und gerührt. Und immer nur seine Pflicht getan habe. Für das bayerische Vaterland. Und für Sisi.

Nach einem weiteren Tusch und nochmaligem Applaus schritten die drei zu ihren Plätzen. Das Programm war zu Ende.

Der Kampf um die Lachsbrötchen begann.

Hofbauer behielt den Jubilar im Auge. Er informierte Kreuzer über den Zusammenhang zwischen Linda Cordes, Liebig und Hägele, worauf Kreuzer nur sagte: »Na, siehst du, ein weiterer Grund, das muntere Völkchen unter die Lupe zu nehmen.«

Hofbauer allerdings konnte sich immer weniger vorstellen, daß der biedere Herr, der da drüben bedächtig ein Schinkenröllchen kaute, der geheimnisvolle Modul-Gewaltige sein sollte.

Er ging zu ihm hinüber und bat ihn höflich, mit ins Foyer zu kommen. Dort zückte er seinen Ausweis.

»Ich muß Sie kurz stören«, sagte er. »Es handelt sich lediglich um ein paar Auskünfte.«

»Schießen Sie los!«

»Mach ich. Sie sind also nicht auf den Malediven?«

Hofbauer hatte ins Schwarze getroffen. Denn der Mann vor ihm wirkte sichtlich irritiert. »Sie haben mir nachspioniert?« polterte er. »Seid ihr jetzt schon unter die Paparazzi gegangen?«

»Es gehört zu unserem Beruf. Und es ist durchaus nicht immer angenehm.«

»Toller Beruf. Wie dem auch sei«, Hägeles Blick wechselte vom Erstaunen ins Schlitzohrige, »ich habe meine Leute gut geschult. Wissen Sie, je älter ich werde, desto weniger behagt es mir zu reisen. Da bleibe ich lieber hier, in unserem schönen Bayernland.«

»Und deshalb müssen Ihre Angestellten Märchen erzählen?«

»Korrekt.« Vergnügt wischte sich Hägele mit dem Handrücken über den Mund.

Während Hofbauer an den Kollegen Lichtlein denken mußte. Es schien zur Zeit Mode zu sein, offiziell weit weg in Urlaub zu fahren und inoffiziell daheimzubleiben. Wenn auch die Gründe bei Lichtlein und bei Hägele durchaus verschieden waren.

»Bin ich jetzt entlassen?«

»Wir sind noch nicht ganz fertig.«

»Was denn noch, um Himmels willen?

»Sie werden es erfahren.«

»Das wäre schön.«

Hofbauer wartete. Als auch Hägele schwieg, sagte er: »Sie haben von dem Mord in Planegg gehört?«

»Flüchtig.«

»Das Mordopfer hat in Ihrem Haus an der Würm gewohnt.«

»Ich besitze kein Haus an der Würm.«

»Und die Modul-Wohnungsbaugesellschaft?«

»Ich wüßte nicht, was Sie das angeht.«

»Wo haben Sie Ihren Doktortitel gekauft?«

»Sie sind verrückt! Vollkommen übergeschnappt! Wo kann ich mich über Sie beschweren?« Hägeles Zorn war nicht echt, der Kommissar merkte es wohl. Eine gute Portion Mißtrauen, ja Angst hatte sich in seine Worte gemischt. Wieder fuhr er sich mit dem Handrücken über den Mund, zwei-, dreimal hintereinander.

»Die Häppchen werden immer weniger. Habe die Ehre.« Demonstrativ drehte er sich um.

»Bei der Aufklärung eines Mordfalles muß man zuweilen hungern«, sagte Hofbauer. Ein paar Leute blieben stehen, wußten nicht, ob sie richtig gehört hatten, und gingen verstört weiter. Hofbauer zupfte den Mann im Trachtenanzug am Ärmel.

»Kennen Sie die Friseurin Linda Cordes? Wo waren Sie am 20. Dezember, fünf Uhr früh?«

»Nun schreien Sie doch nicht so!« Hägele reagierte panisch. »Sie bringen ja den ganzen Saal in Aufruhr!«

»Kannten Sie Ricarda Trantow?«

»Verschwinden Sie!«

Er sah sich vorsichtig um, dann fauchte er: »Wenn Sie mir etwas anhängen wollen, dann ...« Er verstummte.

»Dann wäre es wohl doch recht nützlich, Sie kämen morgen gegen elf Uhr zu mir in die Ettstraße«, sagte Hofbauer. »Da können wir in aller Gemütlichkeit weiterreden.«

Hägele schluckte. »Ohne Rechtsanwalt rede ich mit niemandem mehr. Wer bin ich denn?«

»Das müssen Sie selbst am besten wissen!«

Hofbauer überreichte sein Kärtchen. »Ich empfehle Ihnen, auch wirklich und tatsächlich zu erscheinen. Mit oder ohne Anwalt, das ist mir wurscht!«

Wortlos rannte Hägele in den Konferenzsaal zurück.

Seine Freunde dachten nicht ans Heimgehen. Sie vertilgten die Reste des Buffets, schenkten sich wieder und wieder ein und plauderten fröhlich, nur unterbrochen von schallendem Gelächter.

»Hast du dir schon einmal Gedanken darüber gemacht, warum die Leute in Lokalen meist lauter lachen als Zuhause?« wollte Hofbauer wissen. Er war mit Kreuzer ins Freie gegangen, sie standen auf der Terrasse und blickten hinaus auf den dunklen See.

»Ich habe mir Gedanken über die Eisenfeile gemacht, mit der die Trantow erstochen wurde«, sagte Kreuzer trokken. »Ich hab den Leuten Photos gezeigt. Ob sie jemanden kennen, der so eine Feile besitzen könnte. Sie haben die Photos nicht mal angesehen.«

»Ja mei! Vielleicht wollen sie nicht an den Tod ihrer Herzensdame erinnert werden?«

»Sisi, Grace Kelly, Lady Di! Die Menschen brauchen Träume.«

»So wird's wohl sein.«

Kreuzer nippte an dem Glas Saft, das er in der Hand hielt.

»Meine Leiche, deine Leiche«, grinste Hofbauer.

»Wieso?«

Der Kommissar aus München berichtete von dem Gespräch mit Hägele. »Dieser Biedermann weiß mehr, als er zugibt. Er hat sehr komisch reagiert, als ich ihn auf das Haus an der Würm ansprach.«

»Und?«

»Ich mein ja nur. Wegen der Trantow sind wir hergekommen. Aber fündig geworden sind wir in Sachen Linda Cordes. Vorerst zumindest.«

Kreuzer schüttete den Rest seines Saftes ins Gebüsch. »Auf meine Connections kann ich mich verlassen. Aber die Leute hier. Die spielen geschlossene Gesellschaft. Sag mal«, er senkte seine Stimme, »du hast nicht zufällig eine Zigarette dabei?«

Hofbauer schüttelte bedauernd den Kopf. »Ich hab noch nie Zigaretten geraucht. Ich weiß gar nicht, wie das geht.«

»Phantastisch!«

Sie standen da und betrachteten die Lichter des gegenüberliegenden Ufers. Der Wind hatte sich gelegt, die Luft war fast das, was man seidig nennen konnte. Sterne und Mond leuchteten vorschriftsmäßig dazu. Kreuzers Fußspitze tippte auf den Boden, mit der Präzision eines Maschinengewehrs.

»Du hast sicher schon vom Fall Vera Brühne gehört«, das Tippen wurde schneller, »1960 war das, schon ewig her. Die Brühne und ihr Bekannter sollen damals angeblich einen gewissen Doktor Praun und seine Haushälterin ermordet haben, gleich hier nebenan, in Pöcking.«

»Ich weiß, was du meinst«, sagte Hofbauer. »Ich war damals zwar erst zehn Jahre alt, aber an die Schlagzeilen kann ich mich noch erinnern. Die beiden haben lebenslanges Zuchthaus gekriegt.«

»Es war ein Fehlurteil, da ist man sich heute ziemlich sicher. Und warum? Weil die Polizei Mist gebaut hat. Und die Gerichtsmedizin auch.«

Das Tippen verstummte. »Ich will keinen Mist bauen! Ich hab noch nie einen Mist gebaut, hörst du?«

Wortlos ging Hofbauer in den Saal zurück. Mit zwei gefüllten Rotweingläsern kam er wieder.

»So«, er drückte dem Kollegen ein Glas in die Hand, »jetzt mach mal bitte einen Punkt! Und spül deinen depperten Ehrgeiz runter. Prost!«

Der verdutzte Kreuzer nahm das Glas, trank hastig einen großen Schluck. »Mein erster Tropfen Alkohol heute abend«, erklärte er, fast verlegen.

»Rotwein ist für alte Knaben eine von den besten Gaben«, zitierte Hofbauer. »Wilhelm Busch, der große Könner.«

»Paßt in allen Lebenslagen.«

»Okay.« Hofbauer wurde wieder ernst. »Das mit den Photos von der Eisenfeile, lieber Herr Kollege, war gar nicht so schlecht. Die Ludwigs-Jünger sind keineswegs so harmlos, wie sie sich geben. Denk an Mister Hägele! Ein Hoch auf deine Wermutbrüder!«

Kreuzer trank sein Glas aus und stellte es auf die Balustrade der großen Freitreppe.

Hofbauer sagte: »Tun wir mal so, als sei das alles in trockenen Tüchern, wie es neuerdings so schön heißt. Also, ich laß mir eine Gästeliste geben. Und dann werden wir mal prüfen, wie die Herrschaften alle heißen und wo sie wohnen. Vielleicht war der eine oder andere tatsächlich Kunde bei der Trantow?«

Kreuzer schien der Gedanke sehr zu gefallen.

»Komm wieder rein in die gute Stube«, er riß die Tür auf, ließ Hofbauer den Vortritt. »Age before beauty!«

Sie mischten sich unter die Leute, die nun doch schon deutlich weniger geworden waren. Hägele stand an der Bar, er hatte nach seinem unerfreulichen Gespräch mit dem Kommissar wieder Fahrt aufgenommen. Weltläufig und galant unterhielt er sich mit den Damen und Herren um ihn herum. Das silberne Ehrenzeichen glänzte stolz auf dem Revers seiner Jacke.

Als er die beiden Kriminaler sah, verdüsterte sich seine Miene. »Gott segne die Loyalen Ludwigsfreunde!« rief er, sichtlich alkoholisiert.

»Wenn er Zeit hat, wird er's tun«, grinste Hofbauer.

»Wir stehen an der Spitze der Republik.«

»Sie sagen es.«

»Und wir sind Mörder. Ich zum Beispiel habe eine Frau Cordes umgebracht. Fragt die Polypen, die können euch alles ganz genau erklären.«

Florian Adler, der anfangs die beiden Beamten begrüßt hatte, packte Hägele an der Schulter.

»Hör auf!« zischte er. »Die Herren tun nur ihre Pflicht.«

»Immer dieselbe Rille. Ich halt es nicht mehr aus.«

Hägele entwand sich dem Griff und steuerte auf die leeren Tische zu, an denen das Personal des Hauses damit beschäftigt war, die Reste des schmutzigen Geschirrs abzutragen. Er setzte sich und blickte gehässig zu Hofbauer hinüber.

»Diese Morde beschäftigen die Menschen hier sehr«, sagte der Rübezahl in der abgenutzten Bundlederhose. »Man ist Ihnen nicht böse, wenn Sie nach dem Rechten sehen. Nur«, er lächelte milde, »möglicherweise wäre es besser gewesen, Sie hätten vorher Bescheid gesagt.«

»Wir haben Bescheid gesagt. Ihrem Präsidenten.«

»Dem Professor Vogel? Er ist nicht mein Präsident. Ich bin nur Gast in dieser Runde. Allerdings«, er lächelte, »ein gern gesehener.«

Einige nickten, und der Wiesnwirt rief: »Da hätten Sie es auch den Fischen im See erzählen können.« Worauf alle schwiegen und nur das Klappern des Geschirrs zu hören war.

Der Mensch mit dem Bart erklärte, er heiße Xaver Seibold, angenehm, und hier neben ihm, der junge Mann, sei sein Sohn Karl. Der junge Mann, unnatürlich blaß, saß auf einem Barhocker und übte sich in Zauberkunststücken. Er streckte die rechte Hand von sich, ließ eine rote Kugel erscheinen und wieder verschwinden. Er rutschte vom Hocker und zog die Kugel aus Hofbauers Nase, zur großen Gaudi seiner Zuschauer.

»Ich dachte, diese Frau Trento ist beim Undosa-Bad umgebracht worden«, sagte er mit sanfter Stimme, »und nicht in Planegg? Es sind zwei Morde, nicht wahr, Herr Inspektor?« Die Kugel lag jetzt unter einem umgekippten Weinglas.

Er wandte sich an Kreuzer.

»Berichten Sie uns doch bitte ein paar Einzelheiten! Interna, möglichst ungeschminkt. Man sitzt nicht immer so nah an der Quelle.«

Aber sie ließen den Kommissar aus Fürstenfeldbruck erst gar nicht zu Wort kommen. Florian Adler mischte sich ein.

»Du bringst mal wieder alles durcheinander«, sagte er zu dem jungen Mann. »Drum ist es besser, du kümmerst dich wieder um deinen Zauberkram!«

Verstört drehte ihm der Blasse den Rücken zu. Auch die Kugel schien beleidigt zu sein. Untätig wartete sie unter dem Glas auf ihren Meister.

Worauf sich Adler angeregt mit den anderen Mitgliedern über die Meldungen unterhielt, die man aus den Zeitungen kannte. Sie sprachen sachlich, etwa so wie über das Fernsehprogramm, und sie waren erstaunlich informiert. Eine der Damen bat Kreuzer, noch einmal die Photos der Eisenfeile zu zeigen. Was der allerdings ablehnte.

»Da sind wir aber froh«, sagte das Ehepaar, das mit den Beamten zusammen gespeist hatte.

»Laßt unsere Sisi in Frieden!« rief der Wiesnwirt.

»Jawoll, laßt sie in Ruhe! Sie war unglücklich genug.«

»Auf unsere Sisi! Zum Wohl!«

Sie tranken, ernst und würdevoll.

Irgend jemand gab zu bedenken, daß man langsam nach Hause fahren sollte. Es sei schon nach Mitternacht. Das Personal hatte sich bereits zurückgezogen, der Barkeeper allerdings war noch anwesend.

»Möchten Sie noch einen Schlummertrunk zu sich nehmen?« fragte er.

Hofbauer dachte grantig an die Promille, mit denen die Anwesenden zu rechnen hatten. Es stellte sich heraus, daß Hägele und der Zeremonienmeister mit Chauffeur gekommen waren. Die übrigen versprachen, Taxis zu rufen.

Der Schrat deutete auf seinen Sohn: »Karl macht das. Er ist ein braver Junge.«

»Wie du meinst, Papa«, antwortete der Blasse.

»Okay!« Hofbauer erkundigte sich nach der Rechnung. Aber der Zeremonienmeister winkte ab. »Zahlt die Firma«, sagte er augenzwinkernd.

Nur der Wiesnwirt meinte, ein kleines Trinkgeld müßten die Gäste schon spendieren, eventuell. Er wies auf ein Sparschwein, das auf einem schmalen Tischchen stand.

»Ich mach das«, Hofbauer zog seine Geldbörse aus der Hosentasche. Aber Kreuzer war nicht einverstanden. »Das hier ist mein Hoheitsgebiet.« Er versenkte einen Fünfeuroschein in dem Sparschwein. »Auf Wiedersehen, die Herrschaften. Es war ein wundervoller Abend.«

Zum Glück war es nur Hofbauer, der den Hauch von Ironie aus Kreuzers Stimme hörte.

Sie gingen zum Parkplatz.

»Und was hast du getrunken?« fragte Kreuzer.

»Ein Bier, ein Glas Wein. Und du?«

»Ein Glas Wein. Und sonst nur Saft.«

Auf einmal stand Hägele vor ihnen. Er klapperte mit dem Autoschlüssel. »Sie irren sich!« blaffte er. »Aber Sie können nicht anders. Es gehört zu Ihrem dämlichen Beruf.«

Er schlich um die Autos herum und verschwand in der Dunkelheit.

»Hast du irgendwo einen Chauffeur gesehen?«

»Nein.«

»Dann gute Nacht.«

E-Mail von Thekla an Bastian:

4u, darling. kennst du dich aus in muenchen? in muenchen meine ich, in muenchen. mehr verrate ich dir nicht, darling. sag mir, wo wir uns treffen koennen.

love, thekla.

Die Ergebnisse der Gerichtsmedizin lagen auf Kreuzers Tisch. Ricarda Trantow war, wie vermutet, mit der unweit des Tatorts gefundenen Eisenfeile erstochen worden. Sie war, wie auch Linda Cordes, Ecstasy-Konsumentin gewesen. Das Protokoll sprach von einer typischen Entwässerung des Körpers.

Kreuzer, der schon seit acht Uhr in seinem Brucker Büro saß, klingelte Hofbauer an. Vergeblich, der Kollege aus München war nicht, oder zumindest noch nicht, zu erreichen. Enttäuscht trommelte Kreuzer auf der Tischplatte herum. Er hatte den Computer befragt, aber der Kollege Computer hatte jämmerlich versagt. Es lag nichts vor gegen Rainer Liebig oder Ömer Hatil. Von den Ludwigsfreunden ganz zu schweigen.

Kreuzer sprang auf, ging rüber ins Zimmer nebenan, in dem der immer etwas bedächtig wirkende Kollege Weinreich saß.

»Hast du Zeit? Kleiner Ausflug nach Starnberg?«

Weinreich nickte verdrossen.

Er ließ die Bildzeitung sinken, auf der das Wort Weihnachtsmörder fast die ganze erste Seite bedeckte. Kreuzer würdigte das Blatt keines Blickes.

»Woher wissen die das?« fragte Weinreich und deutete auf die Schlagzeile.

»Die Bildzeitung weiß immer alles.« Kreuzers Antwort war der pure Hohn. »Du sagst ihnen einen einzigen Satz, und sie machen eine bluttriefende Story draus.«

Weinreich strich die so gescholtene Zeitung sorgfältig glatt, faltete sie zusammen und ließ sie in den Papierkorb segeln.

»Wir schauen uns das Appartement dieser Trantow nochmal an«, gab Kreuzer bekannt. »Wir schauen es so lange an, bis wir etwas finden.«

»Ich stecke bis über beide Ohren in Arbeit. Alle sind daheim oder im Einsatz, wirklich clever, aber wenn du meinst, gut, machen wir einen Ausflug.«

Weinreich erhob sich, schlüpfte ohne besondere Eile in seinen Mantel. Sie gingen zu ihrem Wagen, fuhren durch den geschäftig in den Tag eilenden Ort.

Das neue Jahr stand vor der Tür, also galt es, bündelweise Raketen und Böller zu kaufen. Man mußte auch Vorbereitungen treffen für das Silvesterfondue, besorgte Käse oder Fleisch, je nachdem. Besonders lustige Leute füllten sogar ihre Vorräte an Pappnasen auf.

Sie nahmen ihren Weg über die Dörfer, durchs beschauliche Mühltal, wo Weinreich behauptete, vor kurzem erst einen Eisvogel am Ufer der Würm beobachtet zu haben.

In Starnberg überquerten sie die große Kreuzung und schlichen im Schneckentempo zum See. Da die Strandstraße links und rechts zugeparkt war, stellten sie den Wagen gut hundert Meter von dem gesuchten Haus Nummer 98 entfernt ab.

»Hier war ich noch nie.« Kreuzers Begleiter stieg aus dem Auto, streckte sich ausgiebig. »Schau mal den See an! Glatt wie ein Kinderpopo. Weißt du eigentlich, warum ein See immer glatt ist, ich meine, wenn kein Wind weht? Er könnte ja auch höckerig sein wie ein Kamel.«

»Selbstverständlich.«

»Es ist ein physikalisches Phänomen. Die Wasserteilchen haben nämlich das Bestreben ...«

»Hör auf!«

»Von mir aus. Aber wenn man darüber nachdenkt ...«

Kreuzer klickte das Auto zu und lief ohne weiteren Kommentar voraus, Weinreich folgte ihm mit ein paar Schritten Abstand. Sie stiegen die Außentreppe hinauf, vor der Tür des gesuchten Appartements blieben sie stehen. Das amtliche Klebeband war zerschnitten, die Tür nur angelehnt.

»Hab ich's doch geahnt!« Kreuzers Stimme war nur noch ein lautloses Zischen. »Hast du deine Kanone dabei?«

»Natürlich.«

»Dann komm!«

Mit dem Revolver im Anschlag stürmten sie in die Wohnung. Aber die war leer, niemand war zu sehen, auch nicht in den umliegenden Räumen, in der Küche, im Bad, im Fernsehzimmer.

Sie steckten die Revolver wieder in die Jackentasche. Kreuzer blickte sich um. Die Wohnung sah recht verändert aus. Schubladen waren geöffnet, Bücher und Papiere auf dem Teppich verstreut. Der Schrank war leergeräumt. Die Kopfkissen des großen Bettes lagen auf dem Boden, einige Teddybären leisteten ihnen traurige Gesellschaft.

»Was haben die hier gesucht?«

»Vielleicht das Ecstasy?«

»Möglich.«

»Vielleicht auch eine wichtige Notiz, ein persönliches Erinnerungsstück?«

»Schmuck, Geld, Wertsachen.«

»Oder das Handy? Du hast mir erzählt, die Trantow hatte keines dabei, als sie ermordet wurde. Das ist merkwürdig, denk ich mir.«

Weinreich schien sich nicht unbedingt sicher zu sein.

Aber Kreuzer war fasziniert. »Hallo, Kollege, das klingt wirklich gut. Geistesblitze sind ja eigentlich meine Spezialität. Behauptet wenigstens der gute Hofbauer.«

»War nur so ein Gedanke«, sagte Weinreich bescheiden. »Habt ihr schon Versuche unternommen, dieses Handy irgendwo zu orten?«

»Klar.«

»Und was ist draus geworden?«

»Nichts.«

Weinreich gab sich noch nicht zufrieden. »Und habt ihr schon mal darüber diskutiert, ob der geheimnisvolle Mister X nicht auch eine Frau sein könnte?«

Kreuzer sagte, das Täterprofil sei eindeutig. »Frauen erwürgen keine Frauen.«

»Aber sie erdolchen sie zuweilen.«

»Das gebe ich zu.«

Jemand klopfte an die offengebliebene Tür.

»Ja?« Kreuzer fuhr herum, aber dann entspannte er sich.

Es war Frau Friese, die Nachbarin, die er von seiner ersten Befragung her schon kannte. Sie trug eine Katze auf dem Arm, und wirkte sehr verschüchtert.

»Was gibt's?«

»Mir ist unheimlich.«

»Aber wieso denn?« Kreuzer versuchte, seinen Blutdruck wieder auf Normalhöhe herunterzufahren. »Wieso ist Ihnen unheimlich?«

Die Frau streichelte ihre Katze mit schnellen, hastigen Bewegungen.

»Ich hab meine Molli rausgelassen, das war gestern nachmittag ...«

»Und?«

»Da hab ich den Mörder gesehen.«

»Sie haben was?«

Die Katze sprang auf den Boden, strich neugierig um die Beine der beiden Beamten herum, was Kreuzer sichtlich störte, Weinreich allerdings mit Gelassenheit ertrug.

»Wie war das, gestern«, Kreuzer versuchte, das lästige Tier loszuwerden, »wen haben Sie da gesehen?«

»Ich hab die Tür aufgemacht, wegen der Katze.«

»Und weiter?«

»Dann ist ein Mann aus der Wohnung der Trantow geschlichen.«

»Sind Sie sicher?«

»Ja.«

Weinreich hob die Katze auf und nahm sie auf seinen rechten Arm. Kreuzer schüttelte verständnislos den Kopf.

»Wie sah der Mann aus?«

»Mittelgroß. Oder klein. Er hatte dunkle, vielleicht auch schwarze Haare. Sie waren stark nach hinten gekämmt oder vielleicht auch nicht. Vielleicht waren sie lockig, kann sein.«

»Würden Sie ihn wiedererkennen?«

»Woher soll ich das wissen?«

Weinreich, in seiner immer etwas melancholischen Art, fragte: »Was hatte der Mörder denn an? Eine Jacke? Einen Mantel? Vielleicht auch einen Anorak?«

»Sie machen mich ganz konfus! Was er anhatte, weiß ich nicht mehr. Aber er hatte einen Dolch in der Hand. Ehrenwort!«

Die Beamten wurden hellhörig und mißtrauisch zugleich. Kreuzer zog einen Notizblock aus der Tasche, was ein Fehler war, denn die Frau rief ihren Mann herbei, um ihn an ihrer Zeugenaussage teilhaben zu lassen.

Die Beamten baten Frau Friese, noch einmal gründlich nachzudenken. Dabei stellte sich heraus, daß der Dolch durchaus auch ein Taschenmesser hätte sein können. Zumal Frau Friese, in Anwesenheit ihres Gatten, immer unsicherer wurde.

»Vielleicht war es auch nur ein Schlüsselbund«, räumte sie zögernd ein.

Aber sie habe den Mörder gesehen, dabei blieb sie, und er habe einen hellen, kurzen Mantel getragen. Es war kurz nach fünf abends, weil um die Zeit immer diese Zeichentrickfilme im Kinderkanal gebracht wurden, die sie und ihr Mann so gerne ansahen. Und es war schon fast ganz dunkel draußen. Und hier, auf ihrer Etage, auch.

»Der Verbrecher kehrt immer wieder an den Ort der Tat zurück«, sagte Frau Friese.

Kreuzer notierte die Aussagen, während Weinreich sich mehr mit der Katze beschäftigte.

»Ist der Kerl im hellen Mantel gekommen oder gegangen, als Sie ihn sahen?« fragte er und setzte das haarige Tier auf den Boden.

Die Friese aber brachte keine brauchbaren Antworten mehr zustande. »Könnte sein«, sagte sie. »Könnte sein, daß er grade gegangen ist, könnte aber auch sein, daß er grade gekommen ist, woher soll ich das wissen?«

»Hatte der Mann eine Brille auf? War er blaß oder nicht? Wie alt ungefähr?«

Keine Antwort.

Statt dessen bat Frau Friese die beiden Kriminaler, den Mörder gleich heute noch festzunehmen, sie könne seit Tagen nicht mehr angstfrei leben. Sie habe ständig das Gefühl, es würde jemand hinter ihr stehen oder gehen und würde ihr etwas antun.

Herr Friese meinte mit gespielter Heiterkeit, seine Frau sehe manchmal Gespenster. »Das ist so«, sagte er, »da kann man nichts machen.«

Aber er habe volles Vertrauen in die Polizei. Er zahle pünktlich seine Steuern. Und er sei der einzige weit und breit, der tatkräftig Schnee räume. Oder Laub von den Gehsteigen kehre. Da könne er auch verlangen, daß der Staat den Mörder schnellstens dingfest mache.

»Wissen Sie, daß der Bürgermeister in jedem Winter Hunderte von anonymen Briefen bekommt, weil der Schnee nicht weggeschaufelt wird?« rief er. »Heuer ist das zum Glück anders, wettermäßig.« Wobei es so aussah, als wüßte er nicht recht, ob er froh darüber sein sollte oder nicht.

Die beiden Beamten, die nicht recht verstanden, was das Schneeräumen des Herrn Friese mit dem Fall Trantow zu tun haben sollte, bedankten sich höflich für die Hinweise. Das Ehepaar blieb noch eine Weile unschlüssig stehen, klagte über die angeblich massiv steigende Kriminalität im

Landkreis, dann zog es sich wieder in sein Appartement zurück. Die Katze war längst verschwunden.

Sie versiegelten die Tür zur Trantowschen Wohnung ein zweites Mal.

»Was hältst du von der Aussage der Frau?« fragte Kreuzer, als sie nach unten gingen.

»Sie hat den Mann tatsächlich gesehen, da hab ich keinen Zweifel. Aber ob es der Mörder war, ist reine Spekulation.«

»Was wollte er?«

»Vermutlich das, nach dem auch wir vergeblich gesucht haben: Das Handy.«

Sie stiegen in ihren Wagen.

»Ein kleiner, vielleicht auch mittelgroßer Mann, kurzer, heller Mantel. Schwarze Haare, nach hinten gekämmt oder auch nicht oder lockig oder sonst irgendwie. Und es war schon fast dunkel.« Kreuzer zupfte sich an seinen Fingern, daß es knackte. »Kinninger!«

»Wie bitte?«

»Es gibt da eine Frau Kinninger. Sie hat den Begleiter der Trantow gesehen. Vor dem Undosa. Er trug einen kurzen, hellen Mantel. Wahnsinn!«

Weinreich startete den Wagen. »Dann wird es Zeit, daß wir diese Perle mal aufsuchen. Wo wohnt sie denn?«

»In Starnberg-Nord. Nicht weit von hier. Warte mal! Zum Glück hat der tüchtige Kreuzer ja sein Handy in der Jackentasche. Soll ja manchmal recht nützlich sein.«

Er führte ein kurzes, aber erfolgreiches Gespräch.

»Schon gebongt. Auf zu Frau Kinninger!«

Es gelang ihm, heftig und ausdauernd mit den Füßen zu wippen.

»Schau mal die Berge an«, sagte Weinreich. »Wie im Märchen!«

»Du bist unverbesserlich«, antwortete Kreuzer. »Du hast den falschen Beruf gewählt. Fahr los!«

Tagebuch, 29. Dezember

Heute neues Signum, die Tabletten angeblich jetzt ganz besonders rein. Der Chef schwimmt im Geld.

Ein unschätzbarer Wert zur Vernichtung menschlichen Seins. Ich ruhe nicht, ich bin reich an Gedanken. Was ich plane, ist noch nie dagewesen. C 100.000. Man wird es Perfektion nennen.

Es heißt, Haltung zu bewahren.

Hofbauer saß vor einer Tasse Kaffee, bei ihm waren die Herren Hägele und Rechtsanwalt Juglandis. Hägele war gekleidet wie ein Bilderbuch-Abgeordneter des bayerischen Landtags: Lodenjoppe, weißblaue Krawatte, weißblaues Tüchlein im Revers.

Der Rechtsanwalt sah ständig zur Uhr und tat so, als wären seine Minuten kostbar wie Edelsteine.

»Mein Mandant macht nur Angaben zur Person«, sagte Juglandis. »Wir können also sofort wieder verschwinden.«

»Möchten Sie Kaffee?« Hofbauer schlürfte betont langsam seinen Becher aus.

»Nein.«

»Ein Stück Brezel essen?«

»Nein.«

»Da kamma nix machen.« Der Kommissar schien sichtlich enttäuscht. Er schlug die Beine übereinander, blätterte in den Tagesberichten. Als Anita kam, gab er ihr durch Zeichen zu verstehen, sich mit an den Schreibtisch zu setzen.

»Meine Kollegin, Frau Mauermann.«

Die Besucher schwiegen.

»Herr Doktor Hägele, Sie stehen also mit der Baugesellschaft Modul in Verbindung«, begann Hofbauer, wobei er das Wort Doktor besonders betonte. »Als was, wenn ich fragen darf?«

»Ich bin im Aufsichtsrat tätig«, antwortete Hägele.

Der Rechtsanwalt versetzte ihm einen fast unmerklichen Stoß, aber sein Mandant murmelte, er wolle reden, wenn er es für richtig hielt.

»Ich arbeite außerdem für die California Screening GmbH«, sagte er. »Und freiberuflich bin ich Unternehmensberater.«

»Donnerwetter!«

Hägele war dumm genug, geschmeichelt zu sein.

»Und Sie weilen in Ihrem Urlaub lieber unter unserem Himmel als in der Fremde, wenn ich Sie bei der Feier im Hotel Kaiserin Elisabeth richtig verstanden habe?«

»So ist es.«

»Ferien daheim, nicht wahr?«

»Meinetwegen.«

»Laptop und Lederhose.«

»Möglich.«

»Wo haben Sie Ihren Doktortitel gekauft?«

Hägele kniff die Lippen zusammen. Aber er blieb ruhig, zumindest äußerlich, er hatte die Frage offensichtlich erwartet. Auch Rechtsanwalt Juglandis zeigte seine berufliche Cleverneß.

»Mein Mandant ist Doctor of Metaphysics«, sagte er mit betonter Freundlichkeit. »Er hat den Titel legal und rechtmäßig erworben. Wenn Sie wollen, können Sie Kopien der entsprechenden Urkunden einsehen.«

»Ja, wenn das so ist ...«

»Allerdings weiß ich nicht, was die Mordkommission mit derlei, sagen wir, Kinkerlitzchen zu schaffen hat.«

Das Faxgerät schnurrte. Anita sprang auf, wartete und reichte Hofbauer zwei engbeschriebene Blätter. Der Kommissar warf einen Blick darauf, überflog die Zeilen, runzelte die Stirn und legte das Papier vor sich auf den Tisch. Er betrachtete seine beiden Gäste mit neu erwachtem Interesse.

»Ihre Tricks können Sie sich sparen!« knurrte Hägele.

»Welche Tricks?«

Keine Antwort. Auch Hofbauer blieb stumm. Das war noch immer die beste Methode, Leute zum Reden zu bringen. Aber er täuschte sich. Hägele, der seine Unvorsichtigkeit inzwischen bereute, hielt seine Zunge im Zaum.

»Kennen Sie das Undosa-Bad in Starnberg?« erkundigte sich Hofbauer nach einer weiteren Schweigeminute.

»Im Sommer war ich mal dort. Recht hübsch.«

»Und im Winter? Weihnachtsfeiern oder so?«

»Ich wüßte nicht ...«, begann Juglandis erneut.

Aber Hofbauer ließ ihn nicht ausreden. »Wenn Ihr Mandat jetzt nicht mit uns zusammenarbeitet«, rief er mit ungewohnter Schärfe, »behalten wir ihn hier wegen Behinderung polizeilicher Ermittlungen! Habe ich mich klar genug ausgedrückt?«

Juglandis nickte wie ein ertappter Schulbub.

»Herr Doktor Hägele«, Hofbauers Stimme schwamm förmlich in unverhohlener Ironie, »kennen Sie die Prostituierte Ricarda Trantow?« Er klopfte auf das frisch eingetroffene Fax. »Wo waren Sie am 23. Dezember, um neunzehn Uhr?«

Hägele öffnete den Mund und klappte ihn wieder zu. Er sah zu Juglandis hinüber, der unerwartet recht lebhaft wurde. Der Anwalt schien wieder festen Boden unter den Füßen zu spüren, denn er sagte überraschend schneidig: »Mein Mandant gibt keinerlei Auskünfte mehr. Ich bitte, dies zur Kenntnis zu nehmen!«

Er erhob sich, wobei er Hägele abrupt am Ärmel packte und ihn mit nach draußen zu ziehen versuchte.

Aber der zeigte sich störrisch.

»Laß mich!« knurrte er. »Setz dich wieder hin und hör zu!«

»Kann ich jetzt bitte doch eine Tasse Kaffee haben?«

Doktor Ernst Hägele griff nach seiner Krawatte, riß sie sich vom Hals und verbarg sie zwischen seinen Händen. Seine Miene wechselte mehrmals zwischen Nachdenklichkeit und schlitzohriger Verblüffung. Es sah so aus, als würde er sich ein Geständnis, allerdings ein sehr halbseidenes, zumindest gedanklich zusammenbasteln, was auch sein Anwalt zu spüren schien, denn er legte mehrmals besorgt seine Hand auf Hägeles Schulter.

Hofbauer schob seinen Stuhl zurück.

»Momentchen!« Er eilte auf den Gang, um den Automaten zu betätigen. Mit dem üblichen Gebräu kehrte er wieder zurück.

»Bitte.«

»Ich bedanke mich!«

Hägele nippte, stellte den Becher auf den Tisch.

»Wir hören«, sagte Hofbauer.

»Gut. Bringen wir's hinter uns.«

»Wir lassen ein Band mitlaufen.«

»Meinetwegen«, nickte Hägele. »Also: Ich habe die Trantow gekannt, ich gebe es zu. Ich habe sie an jenem unglückseligen Abend begleitet. Gebe ich ebenfalls zu.«

Der Rechtsanwalt ließ einen tiefen Seufzer der Verzweiflung hören. »Aber ich habe Ricarda nicht ermordet! Ich bringe grundsätzlich niemanden um.«

»Wie schön von Ihnen«, sagte Anita.

Hägeles Blick war voller Haß.

»Wir sind spazierengegangen. Wir gehen immer vor dem Undosa spazieren. Wir haben uns unterhalten. Plötzlich stand ein Typ vor uns, keine Ahnung, woher er kam. Er hat zugestochen, mehrmals!«

Hägele zerknüllte die Krawatte wie ein Stück Papier.

»Ich bin weggerannt. Kopflos, voller Panik. Ich weiß überhaupt nicht mehr, in welche Richtung ich gelaufen bin. Irgendwann fand ich mich am Bahnhof Starnberg wieder. Am Bahnhof! Dabei fahre ich nie mit dem Zug.«

Er nippte erneut an dem Plastikbecher, deponierte das Gefäß auf dem Tisch. Die Krawatte fiel ihm aus der Hand, was ihn allerdings nicht störte.

»Sie waren Kunde der Trantow?«

»Ja.«

»Hatten Sie einen Schlüssel zu ihrer Wohnung?«

»Nein.«

»Besitzen Sie einen kurzen, hellen Mantel?«

»Das, wie soll ich sagen ...«, Hägele dachte kurz nach, »ja«.

Hofbauer deutete auf das Fax, das noch immer vor ihm lag.

»Warum waren Sie am Tag nach dem Mord in der Trantowschen Wohnung? Was hatten Sie dort zu suchen?«

»Jetzt reicht's aber!« Wieder einmal fuhr Rechtsanwalt Juglandis dazwischen. »Ich muß energisch protestieren. Sie unterstellen meinem Mandanten Dinge, die ungeheuerlich sind.«

»Beruhigen Sie sich! Wir haben Zeugen. Ihr Mandant wurde sowohl vor dem Lokal als auch beim Verlassen der Wohnung gesehen. Wenn er klug ist, packt er jetzt endgültig aus.«

Hägele hob die Krawatte auf, betupfte seine Oberlippe. Von seiner anfänglichen Arroganz war nicht mehr viel zu spüren.

Er sagte, und es wurde offenbar, wie unwohl er sich dabei fühlte. »Ich war Kunde von Ricarda, gut, das wissen Sie jetzt. Aber ich wiederhole: Ich bin nicht ihr Mörder!«

»Sie haben sich gestritten.«

»Nein.«

»Und haben die Nerven verloren.«

»Nein.«

»Und zugestochen.«

»Ich geb's auf.«

Hägele sank in sich zusammen wie ein Kartenhaus. Er schien auf einmal viel kleiner geworden zu sein, mit hängenden Schultern und gesenktem Kopf.

»Warum waren Sie in der Wohnung?«

»Weil ich ihr Handy gesucht hab, mit diesem rosaroten Stoff drumherum. Weil mein Name eingespeist war. Bedenken Sie, was das für mich bedeutet, in meiner beruflichen Situation.«

»Und? Haben Sie das Handy gefunden?«

»Nein. Sie hat es irgendwo liegengelassen, diese Arschkuh.«

»Und dieser große Unbekannte, wie hat der ausgesehen?«

»Das weiß ich nicht mehr. Er war wie der Blitz da und wieder weg. Ehrenwort.«

Hofbauer sah kurz in Anitas grüne Augen, war für Sekunden irritiert, dann sagte er förmlich: »Herr Doktor Hägele, ich nehme Sie vorläufig fest wegen des dringenden Verdachts, Ricarda Trantow getötet zu haben.«

Er bat Anita, das Nötige zu veranlassen. Seine Mitarbeiterin stand auf, um den Kollegen Bescheid zu sagen.

Wieder einmal war es unangenehm still in dem Raum. Hofbauer horchte in sich hinein, um zu eruieren, welches Echo seine Worte in ihm hinterlassen hatten. Aber außer einem gewissen Magengrimmen war nichts Außergewöhnliches zu spüren.

»Fragen Sie doch diesen Florian Adler. Oder den Professor Vogel. Und die ganze scheißfeine Starnberger High Society.« Hägele schälte sich aus seinem Stuhl, streckte sich, und schon hatte er halbwegs wieder zu seiner ursprünglichen Gestalt zurückgefunden.

»Die sind alle auf dem Handy versammelt. Haben Sie schon mal was von der Nitribitt gehört? Edelnutte der fünfziger Jahre?«

»Möglich.« Hofbauer war gespannt, was dem Doctor of Metaphysics noch alles einfallen würde.

»Die Trantow war die Nitribitt von heute. Ich möchte wissen, wie ihre hochkarätigen Kunden die Feiertage verbracht haben. Nicht so gut, meiner Meinung nach.«

»Vielleicht besser, als Sie denken.«

Die Tür wurde aufgerissen und zwei uniformierte Polizisten erschienen. Hinter ihnen stand Anita, mit einem halb verlegenen, halb skeptischen Gesicht.

Rechtsanwalt Juglandis fand es an der Zeit zu retten, was noch zu retten war. Er fragte, und die berufliche Schnoddrigkeit war wieder in seine Stimme zurückgekehrt: »Wie Sie hören, gibt es durchaus noch andere, hm, Kunden, die nach diesem Handy gesucht haben könnten. Ich verlange deshalb, meinen Mandanten sofort nach Hause gehen zu lassen!«

Hofbauer konnte ein bewunderndes Staunen nicht verbergen. Die Herren waren zäh, das stand fest.

»Diese anderen Kunden gingen aber nicht mit dem Opfer spazieren, als es ermordet wurde«, sagte er.

Hägele schüttelte nur stumm den Kopf.

»Fahren Sie einen BMW?« fragte Hofbauer.

»Was hat denn das nun wieder ...«

»Wo waren Sie am Montag, dem 20. Dezember, fünf Uhr früh?«

»Sie sind ja wahnsinnig!«

»Haben Sie auch Linda Cordes umgebracht? Auch Linda Cordes hatte kein Handy bei sich, als sie gefunden wurde.«

»Ich sag jetzt gar nichts mehr.«

Der Kommissar gab ein Zeichen, und die beiden Uniformierten nahmen Hägele in ihre Mitte. Die Handschellen schnappten zu.

»Was soll eigentlich der Quatsch mit dem Salz?« Hofbauer stellte die Frage fast nebenbei. »Ist das eine Marotte von Ihnen?«

Aber er bekam keine Antwort.

»Das dürfte der Fehler Ihres Lebens gewesen sein!« zischte Juglandis. »Sie hören von mir.« Und er stürmte nach draußen.

Anitas immer noch giftgrüne Augen waren das einzige, was Hofbauer auf die Nerven ging.

Er ging zum Fenster, öffnete es sperrangelweit. Von der Straße her war das Getrappel der Fußgänger zu vernehmen, ein nicht sehr begabter Geiger hatte sich drunten aufgestellt und fidelte in den Mittag. Der Kommissar sah hinüber zu den Türmen der Frauenkirche.

»Sag's gleich, warum du mit mir nicht einverstanden bist«, er wandte sich um. »Ich kenn dich doch!«

»Ja also, Chef«, seine Mitarbeiterin verfiel in nachdenkliches Grübeln. Was nicht ganz spontan aus ihr heraussprudelte, lag stets in den Grenzen des höflichen Respekts, den sie vor Hofbauer hatte. Also sagte sie vorsichtig: »Es geht mir alles zu glatt, Chef.«

»Wie meinst du das?«

»Hägele als Doppelmörder.«

»Sowas gibt's. Er haßt die Frauen. Außerdem reicht mir schon sein Mord an der Trantow. Glaubst du das Märchen von dem Kerl, der angeblich plötzlich aufgetaucht ist und sie erstochen hat? Und selbst wenn das stimmt, warum, zum Teufel, ist Hägele abgehauen? Statt ihr zu helfen? Wenn er unschuldig ist?«

Anita blieb skeptisch. »Ich überlege, ob wir dem Hägele so ohne weiteres unterstellen können, daß er sich gestritten hat. Woher wissen wir das?«

Sie nahm Kreuzers Fax vom Tisch. »Hier steht, die Zeugin Kinninger habe den Mann im hellen Mantel nur weglaufen sehen. Hägele hat ja auch zugegeben, daß er weggerannt ist. Von einem Streit hat die Kinninger aber nichts erzählt.«

Hofbauer schloß das Fenster wieder zu.

»Er war sauer«, brummte er, »wegen des Handys. Denk an Linda Cordes! Hägele ist ausgerastet ...«

»... und hat die Trantow mit einer Eisenfeile, die er ja ständig in der Hosentasche trägt, erstochen.«

»Polemik hilft uns nicht weiter.« Hofbauer setzte sich wieder an seinen Schreibtisch. Er streckte die Arme aus, faltete die Hände hinter seinem Kopf.

»Das mit dem Salz in der Manteltasche macht mir allerdings Kummer«, murmelte er.

Anita vollführte wieder einmal einen ihrer Gedankensprünge und fragte den Kommissar, ob er am kommenden Silvesterabend »Dinner for one« anschauen würde. Hofbauer, der einen Augenblick brauchte, um auch seine Gehirnwindungen umzupolen, gab bekannt, er werde den Jahreswechsel bei seinem Freund Odysseus verbringen. In Gesellschaft einiger Ouzos.

»Gehören die zur griechischen Mafia?« fragte Anita.

»Ich fürchte, ja.«

Hofbauer blätterte in seinem Notizbuch. Dann wählte er Kreuzers Nummer, was seine Mitarbeiterin mit einem fragenden Blick kommentierte.

»Bleib ruhig da!« sagte er und stellte den Apparat auf Mithören.

Kreuzer meldete sich.

»Hallo, wie geht's?«

»Danke, bestens.«

Der Kommissar aus München bedankte sich für das Fax. Dann gab er dem Kollegen aus Fürstenfeldbruck bekannt, daß er soeben Herrn Doktor Hägele verhaftet habe. Die Verdachtsmomente seien eindeutig.

Was Kreuzer mit einem überraschten »Oha!« quittierte. »Gratuliere. Also müssen wir nur noch den Mörder der Linda Cordes erwischen.« Es war nicht ganz klar, ob er es ernst oder ironisch meinte.

»Möglicherweise haben wir ihn schon. Hägele ist dringend verdächtig. Er stiehlt Handys. Und hat für den bewußten Montagmorgen kein Alibi.«

»Das überprüf dann ich. Du verhaftest meine und ich verhafte deine Mörder.«

«Fängst du schon wieder an!«

»Vergiß es. Was machst du an Silvester?«

»Gyros essen.«

Kreuzer lachte, dann fragte er, eher nebenbei: »Hat Hägele gestanden?«

»Teilweise.«

»Ich wünsche dir trotzdem ein gutes neues Jahr.«

»Danke, ebenfalls.«

Das Gespräch war beendet. Zurück blieben ein nicht unbedingt ganz zufrieden dreinschauender Hauptkommissar und seine Mitarbeiterin, die plötzlich dringend zu ihrem Oliver mußte.

»Darf ich mich für ein paar Tage verabschieden?« fragte Anita. »Meine beiden Männer brauchen mich.«

Hofbauer war bemüht, die Ausläufer des Stimmungstiefs, die sich über einem gewissen Teil der Kripo München auszubreiten begonnen hatten, nicht noch weiter Raum greifen zu lassen.

»Auch Staatsanwalt Dieckmann ist in Urlaub«, überlegte er. »Du kannst dich also getrost deinen Lieben widmen. Viel Spaß. Und grüße alle, die mich kennen!«

»Danke, Chef.«

»Rutsch gut rüber.«

»Mach ich.«

Anitas liebenswürdiges Lächeln begleitete ihn auf dem Weg in seine trostlose Wohnung.

Tags darauf fuhr Hofbauer nach Pasing ins Haarstudio. Es herrschte der übliche Hochbetrieb vor den Feiertagen. Die Weihnachtsfrisur war nichts mehr wert, eine neue, schönere mußte her!

Ömer Hatil begrüßte den Kommissar, freundlich wie immer, bot Kaffee an und Tee. Die Mädchen wagten nur ein schüchternes Lächeln, sie waren zu sehr beschäftigt.

Hatil zeigte sich entsetzt über das, was in den vergangenen Tagen vorgefallen war. Er war gut informiert. Es gab ja, erklärte er treuherzig, genug Zeitungen in dem Salon.

Wie schon bei seinem ersten Besuch fragte Hofbauer, ob Hatil nun der Chef des Studios geworden sei.

Aber der junge Figaro wußte es immer noch nicht. Er zahle die Tageseinnahmen auch weiterhin auf das Geschäftskonto ein, erledige das Kaufmännische, so gut es ging. Die Angelegenheit sei geheimnisvoll und sehr, sehr merkwürdig.

»Es ist Urlaubszeit«, meinte er lakonisch, »wenn sich aber auch weiterhin niemand meldet, werde ich versuchen, selbst ein wenig mitzumischen. Der Laden brummt, wie Sie sehen.«

Hofbauer wunderte sich. Der Mann vor ihm war ein reiner Engel und gleichzeitig ein ausgebuffter Pokerspieler. Aber letztere Eigenschaft war ja schon immer sehr nützlich gewesen.

»Möchten Sie einen Campari-Soda?«

»Jetzt nicht, danke.«

»Jessica wäre gerade frei, soll sie Ihnen die Haare schneiden?«

Statt einer Antwort zog Hofbauer ein Photo Hägeles aus der Jackentasche.

»Kennen Sie diesen Mann?« fragte er, ohne große Hoffnung. Hatil stutzte, rief zwei der jungen Damen zu sich, die bei Betrachtung des Bildes große Augen machten und zu tuscheln anfingen.

»Das ist er.« Sie holten noch zwei weitere Kolleginnen herbei, trotz des ungnädigen Gesichts, das Hatil zog. Und trotz der Kundinnen in ihren Frisierstühlen, die empört die Illustrierten sinken ließen.

»Das ist wer?«

»Der Mann mit dem BMW.« Das Mädchen Katja, das Hofbauer noch von seinem ersten Besuch her kannte, wurde rot. »Das ist der Mann, der die Chefin abgeholt hat. Manchmal. Wie heißt er denn?«

»Doktor Ernst Hägele.«

Katja und ihre Freundinnen wußten nicht, ob sie lachen oder heulen sollten. Hofbauer erkundigte sich, ob er den jungen Damen noch ein paar Fragen stellen könne, einzeln. Was Hatil nach kurzer Bedenkzeit gestattete. Unter der Voraussetzung, die Arbeit würde nicht darunter leiden.

Und wie schon beim ersten Besuch nahmen sie alle nacheinander Platz im Büro, ohne jedoch Wesentliches über die Person Hägeles mitteilen zu können.

Ja, er sei ab und zu gekommen. Er sei dann vorne an der Kasse gestanden und habe gewartet. Die Chefin habe ihn sehr von oben herab behandelt, das sei ihnen aufgefallen. Nein, er sei kein Kunde gewesen. Und sie hätten wirklich nicht gewußt, wie er hieß. Hand aufs Herz!

Mehr war aus ihnen nicht herauszuholen. Ob sie jetzt wieder zu Frau Müller oder Frau Meier zurückkehren dürften?

»Selbstverständlich.« Hofbauer klappte sein Notizbuch zu. Er verabschiedete sich von Hatil mit der Gewißheit, Herrn Doktor Ernst Hägele völlig zu Recht festgenommen zu haben. Er warf noch einen Blick auf die emsig hantierenden Mädchen, dann ging er zur Tür.

»Warten Sie!« Hatil huschte herbei, drückte dem Kommissar ein Probepäckchen Seife in die Hand.

»Gutes Neues!«

»Danke!«

»Wenn Sie mal Zeit haben, Sie könnten in der Tat einen etwas sportlicheren Haarschnitt gebrauchen!«

Hofbauer lachte. »Ich bin mit dem meinen bis jetzt ganz zufrieden. Übrigens«, er wurde ernst, »sagen Sie einen schönen Gruß an Signora Foconi! Sie kann sehr gut Geschichten erzählen.«

»Ich verstehe wirklich nicht ...«

Aber Hofbauer stand schon draußen auf der Straße.

Er fuhr weiter nach Planegg. Amtlich. Und privat. Letzteres allerdings hätte er sich sparen können.

In der Polizeistation traf er einen wie immer diensthabenden Polizeihauptmeister Lederer, der übernächtigt in seinem Zimmer saß und Berichte tippte.

»Fünf Christbaumbrände, neun Einbrüche, sieben Verkehrsunfälle. Zwölfmal den Führerschein eingezogen wegen zu hohen Promillegehalts.«

Der Beamte in grün fand das alles gar nicht lustig.

»Ein geübter Einbrecher braucht dreißig Sekunden, um ein Wohnungsfenster aufzubrechen«, seufzte er. »Deutschland ist ein offenes Haus. Aber wem sage ich das!«

»Ich habe mehr mit Gewaltverbrechen zu tun«, meinte Hofbauer.

»Natürlich.«

Der Kommissar setzte sich auf den einzig freien Stuhl, der zur Verfügung stand. Er informierte Lederer über die Festnahme Hägeles, über die näheren Umstände und darüber, daß massive Verdachtsmomente auch im Fall Linda Cordes bestünden.

»Ach, so ist das«, Lederer schob überrascht den Computer zur Seite. Er unterdrückte ein Gähnen, entschuldigte sich, dann sagte er: »Sie haben mich damals, als wir die Leiche der Cordes fanden, nach Drogen und so weiter gefragt. Wie häufig sie vorkommen hier im Würmtal.« Seine Lippen wurden schmal. »Ich meine, sie kommen ein wenig zu häufig vor. Zumindest seit ein paar Tagen.« Man sah ihm an, wie unangenehm ihm die Angelegenheit war. »Wir haben da eine kleine Überprüfung vorgenommen. Bei den Burschen an der Würm. Sie treffen sich ab und zu beim Wellenbad.«

»Ja und?«

»Es war gestern abend.«

»Und da haben Sie ...« Hofbauer saß senkrecht auf seinem Stuhl, wie elektrisiert. »Was waren das für Burschen?«

»Wie? Ach so! Nein!« Der brave Beamte schien erst jetzt zu merken, in welche Richtung die Gedanken des Kommissars gegangen waren.

»Nein, nein! Wir haben«, er sprach den Namen nicht aus, »keine Sorge, nicht was Sie denken, ich kann Ihnen die Liste geben, so ist das nicht.«

»Und weiter?« Hofbauer ärgerte sich, daß er wieder einmal zu mißtrauisch gewesen war. Aber woher sollte er wissen, was Bastian zur Zeit alles anstellen würde?

Wie weit war es vom sogenannten Real Life im Computer zum echten Real Life der Drogenszene?

»Die Knaben haben Bier getrunken, ein bißchen rumgealbert. Sie sind seltsamerweise ganz plötzlich weggegangen, als sie uns kommen sahen. Wahrscheinlich deswegen!«

Lederer nahm aus der Schublade die Cellophanhülle einer Zigarettenschachtel und legte sie auf den Tisch. Die Hülle war gefüllt mit Tabletten.

»Haben wir auf der Wiese gefunden«, sagte er.

Der Kommissar nahm die Hülle, schüttete ein paar der Tabletten in seine Hand. Sie trugen das bekannte Muster.

»Dieses Baumes Blatt, der von Osten meinem Garten anvertraut ...«

»Wie meinen Sie? Wem anvertraut?«

Ein paar Sekunden lang saß Hofbauer nachdenklich schweigend da. Schließlich sagte er: »Es gibt da ein wunderbares Gedicht über den Ginkgo-Baum. Ginkgo und Ecstasy. Beides paßt zueinander wie Himmel und Hölle.«

Er legte die Tabletten wieder in die Hülle zurück.

»Wo haben die jungen Leute den Stoff her?«

»Wenn wir das wüßten.«

»Haben Sie schon mal einen von ihnen dazu befragt?«

Lederer lachte grimmig. »Das ist sinnlos. Wenn wir sie danach fragen, tun sie unschuldig wie die Lämmlein auf der Weide und wissen von nichts. Da müßten wir sie schon auf frischer Tat ertappen. Aber leider laden sie uns nicht ein zu ihren Treffs.«

Irgendwo auf der Straße gingen die ersten Silvesterknaller in die Luft, was den Streifenbeamten nicht mal ein Achselzucken kostete. Er stützte den Kopf in die Hände, schloß die Augen.

»Dabei ist es ein offenes Geheimnis«, die Augen öffneten sich einen Spalt, »wenn man Ecstasy will, dann kriegt man es. Und alles andere auch. Ob auf dem Land oder in der Stadt, der Junkie weiß sich immer zu helfen.«

Hofbauer wartete, bis sein Gegenüber seinen Sekundenschlaf beendet hatte, dann sagte er: »Wenn wir rauskriegen, wo der Stoff herkommt, vielleicht hat Hägele und die ganze Bande, oder dieser Eichhörnchenfresser ..., hören Sie mal«, er sah Lederer erschrocken an, »ahnen Sie überhaupt, in welcher Gefahr die Kids hier alle schweben?«

Völlig ruhig und wieder absolut frisch antwortete Lederer: »Wir sind nicht doof. Auch wenn wir nur kleine Landpolizisten sind.«

»Okay.«

Der Kommissar überlegte, ob er irgend etwas Beleidigendes von sich gegeben hatte, auch Lederer schien darüber nachzugrübeln, dann fanden beide, daß es am besten war, nur grinsend die Stirn zu runzeln.

»Könnte es sein«, Hofbauer mußte nun wirklich lachen, »daß ich jetzt die ganze Zeit ›Sie‹ zu dir gesagt habe?«

»Möglich! Wie wär's, wenn wir uns mal einigen könnten? Auf das eine oder das andere?«

»Dann schlag ich ein gemeinsames ›Du‹ vor, einverstanden?«

»Logo. Wie unsere verderbten Kids hier sagen.«

Nachdem sie festgestellt hatten, daß kein Cognac im hohen Hause war, reichten sie sich zumindest freundschaftlich die Hand.

»Wann hast du dienstfrei?« wollte Hofbauer wissen und ging zur Tür.

»Um zwölf Uhr dreißig. Dann Nachtdienst bis fünf Uhr früh. Und du?«

»Ein Kripomann ist immer im Dienst.«

»Wenn ich mal Zeit hab, bemitleide ich dich.«

»Tu das.«

Sie gingen zusammen nach draußen. Drüben, bei der Bücherei, explodierten aufreizend laut ein paar Knallfrösche. Zwei höchstens Achtjährige spritzten johlend auseinander.

»Sein duads was.«

»Saubande.«

»Viel Glück.«

»Habe die Ehre.«

Hofbauer stieg in seinen Wagen und fuhr zu Exfrau und Bügelfalte.

Der Empfang war, wie immer, mäßig. Die Bügelfalte erklärte, Claudia sei einkaufen, Bastian sei nicht da.

»Wo ist er denn?«

»Terror machen.«

»Wieso? Wie kommen Sie denn darauf?«

Janicks Gesichtsausdruck wurde kryptisch.

»Der Junge scheint eine neue Freundin zu haben. Er hat sich eine Krawatte von mir ausgeliehen. Köstlich.«

Hofbauer verschluckte eine entsprechende Antwort, nickte kurz und drehte sich auf dem Absatz um.

Schlecht gelaunt machte er sich auf den Heimweg. Wie sich später herausstellte, wäre es besser gewesen, er hätte sich nach dem Namen der Freundin erkundigt.

Das Hochhaus in der Perlacher Straße lag da wie eine zur Verteidigung bereitstehende Burg. Neben einigen abgehalfterten Christbäumen auf den Balkonen ragten schußbereite Raketen in die immer noch ungewöhnlich milde Luft. Alles war gerüstet für die Schlacht des Jahreswechsels, der Countdown hatte begonnen.

Hofbauer verbrachte den frühen Silvesterabend mit Aufräumarbeiten und den üblichen »Dinner for one«-Fernsehkonserven auf allen Kanälen. Nachdem Butler James zum zehnten Mal über den Tiger gestolpert war, drückte der Kommissar auf die einzig rettende Taste und floh zu Odysseus.

Der hatte sein Lokal schon faschingsmäßig geschmückt. Statt der Tannenzweige hingen Girlanden von der Decke. Grinsende Monde und Sonnen baten dringend: Seid fröhlich!

Die Stammgäste, von ihren Familien vergessene Menschen, saßen vor ihrem Bier oder ihrem Wein und beteten, daß auch diese Nacht gnädig an ihnen vorübergehen möge.

Der nicht ganz bibelfeste Rentner erzählte, er fahre um zehn zum Undosa-Bad nach Starnberg, um das Tanzbein zu schwingen. »Trotz des gräßlichen Mordes, der dort geschehen ist«, sagte er vergnügt.

Hofbauer wünschte viel Spaß und orderte das auf einer Tafel angepriesene Silvestermenü. Es bestand aus vier Gängen und schmeckte leider nur mäßig, da es der Koch vorgezogen hatte, daheim bei den Seinen zu bleiben. Und Odysseus, der den Hilfskoch spielen mußte, war offensichtlich nicht mehr so recht in Form. Es gab auch keinen einzigen Ouzo auf Kosten des Hauses.

Qualvoll zog sich der Abend in die Länge.

Gegen elf erschien ein Musikant mit Gitarre und Synthesizer, auf dem ein ganzes Orchester versammelt war. Erst spielte er Faschingsschlager, dann den unvermeidlichen Sirtaki. Zwei Frauen begannen miteinander zu tanzen. Sie fanden alles wahnsinnig lustig, die Musik, den Wirt, die Gäste und sich selbst. Kurz vor zwölf rannten alle ins Freie, um sich an die Vorbereitungen für das Feuerwerk zu machen.

Der Kommissar ging hinüber zu seinem Hochhaus, hungrig und stocknüchtern. Er fuhr mit dem Lift nach oben in den sechsten Stock. Dort kam er gerade recht, um aus den Fernsehapparaten der umliegenden Wohnungen Glockengeläut und Fetzen der Nationalhymne mitzubekommen.

Vom Fenster seines Wohnzimmers aus sah Hofbauer auf das krachende, funkensprühende München. Er schenkte sich ein Glas Rotwein ein, und für den Bruchteil einer Sekunde überlegte er, wie einfach es wäre, die Balkontür zu öffnen und hinunterzuspringen.

Er zog sich aus, duschte und trank ein weiteres Glas Rotwein.

Noch als er längst im Bett lag, zischten und krachten die Raketen rund um das Hochhaus, wurden langsam weniger und gingen über in ein stetiges, hammerartiges Klopfen. Das Klopfen begleitete ihn durch die ganze Nacht.

Als es überhaupt nicht enden wollte, kroch Hofbauer aus dem Bett und stolperte zur Tür. Er realisierte, daß der Lärm von draußen kam und öffnete. Vor der Tür stand sein Sohn Bastian in nicht allzu guter Verfassung. Er roch penetrant nach Alkohol.

»Kann ich bei dir pennen?« fragte Bastian.

»Komm rein.«

Bastian ging ohne Umwege ins Schlafzimmer und legte sich ins Bett seines Vaters. Der war inzwischen völlig wach geworden. Er hatte längst aufgehört, sich über seinen Sohn zu wundern. Trotzdem: Bastian war erst ein einziges Mal in der Perlacher Straße gewesen, vor etwa einem Jahr, es war erstaunlich, daß er überhaupt noch die Adresse wußte.

Hofbauer sah zur Uhr. Es war halb acht Uhr morgens.

»Ich hol dir einen Saft.«

»Brauch ich nicht.«

Er zog seinem Sohn Schuhe und Jacke aus, breitete die Decke über ihn und setzte sich an den Rand des Bettes. Der Junge war blaß, hatte verschwitzte, verklebte Haare, das Hemd hing ihm schlampig aus der Hose. Er wirkte erschöpft und reichlich daneben.

»Thekla ist eine Klassefrau!« Bastian schloß die Augen. »Wir waren an einem See, glaub ich. Oder an der Würm.«

»Wer ist wir?«

»Alle waren wahnsinnig nett. Irgendwie eine große Familie, wir haben uns ständig geküßt. Was machst du eigentlich hier?«

»Ich wohne hier.«

»Wirklich? Ich möcht jetzt meine Ruhe haben.«

»Okay.«

Hofbauer stand auf, öffnete das Fenster und setzte sich wieder an den Bettrand. Sein Sohn hatte einen Kater, das war im Grunde nichts Besonderes. Immerhin war er heil hier gelandet. Wie hatte Anita gesagt? Manchmal hilft nur beten. Wie recht sie hatte.

»Wir haben nicht mal miteinander geschlafen. Ich wollte schon, aber die Thekla nicht. Leider.«

»Oder Gott sei Dank, wie man's nimmt.«

»In der Würm war so ein Jesuskreuz, oder in der Kirche, irre komisch, und alle haben vom König geredet. Ich glaub, das war im Zweiten Weltkrieg oder so.«

»Im Zweiten Weltkrieg gab es keinen König.«

»Du mußt die Thekla mal kennenlernen. Oder besser nicht, weil sie kifft, aber sie hat mir das Taxi gezahlt. Sie haben überhaupt alles gezahlt, alles geblecht, die haben Geld wie die Reichschweine.«

»Woher haben die denn das Geld?«

»Weiß ich doch nicht.«

»Und wo habt ihr gefeiert?«

»Ich muß mal pinkeln.«

Bastian fand die Toilette ohne Schwierigkeiten, er pinkelte minutenlang, um sich anschließend sofort wieder in Hofbauers Bett zu legen. Er murmelte, alles sei so trostlos, und die Thekla habe ihm Koks in die Cola geschüttet.

»Ich geh da nie mehr hin. In der Schule bin ich schlecht wie der Allerletzte, und wenn's mir wieder besser geht, fang ich richtig an zu büffeln.«

»Bestimmt.«

»Und Real Life spiel ich auch nicht mehr.«

»Klar.«

»Die waren alle so lieb zu mir.«

Schließlich schlief er ein.

Tagebuch, 31. Januar

Das Jahr geht zu Ende. Bald wird nichts mehr so sein, wie es einmal war. »Ich will nur dein Bestes!« sagte der große Magier und vergiftete die Menschen.

Habe mich herrlich amüsiert beim Lesen der Zeitungen. Perfekt!

Ich werde ein Zeichen setzen, und niemand wird die Botschaft deuten können.

Hofbauer war auf dem Sofa eingenickt.

Jetzt schreckte er hoch. Irgendein Idiot hatte noch ein paar Raketen gefunden und sie unten in die Luft gejagt. Offensichtlich genau zwischen den aufgereihten Aschentonnen, weil es dort, so hatte es sich herumgesprochen, am lautesten krachte.

Er lief zum Schlafzimmer und vergewisserte sich, daß Bastian noch vorhanden war.

In der Küche braute er sich einen starken Kaffee. Er duschte, rasierte sich und trank den Kaffee, so heiß es ihm nur möglich war. Brezeln gab es keine. Er kritzelte eine Nachricht für Bastian und legte den Zettel auf den Tisch.

Dann fuhr er in die Ettstraße, so als ob es an diesem ersten Januar, noch dazu einem Samstag, nichts Schöneres gab, als in die Ettstraße zu fahren.

Aber er war nicht alleine.

Schon auf dem Flur konnte er den dynamisch-zupackenden Duft des Dieckmannschen Parfums wahrnehmen. Der Staatsanwalt selbst stand vor seinem Zimmer und unterhielt sich mit dem Kollegen Lichtlein, das hieß, Dieckmann redete, und Lichtlein hörte zu.

Nach einigen verblüfften »Na sowas«-Rufen und den schon etwas abgenutzten Wünschen für ein erfolgreiches neues Jahr versammelte man sich in Hofbauers Büro.

Dieckmann erklärte, er habe vom sogenannten Winter genug, Münchens Koksdealer besäßen mehr Schnee als die gesamten Kitzbühler Berge. Deshalb sei er vor der vereinbarten Zeit zurückgekehrt. Lichtlein nickte heftig dazu.

»Auf Fuerte regnet es seit Tagen«, er sah Hofbauer bedeutungsvoll an, »da habe ich dem Drängen meiner Familie nachgegeben, und wir sind nach Hause geflogen. Obwohl es nicht einfach war, Tickets zu bekommen.«

»Und jetzt erzählen Sie uns von den beiden neuen Fällen!« Dieckmann war voller Tatendrang. »Ich hab heute früh die Zeitungen durchgesehen, die sind ja voll davon.«

Es dauerte, bis sich Hofbauer von diesem zweiten, doch recht überraschenden Zusammentreffen erholt hatte. Außerdem fand er es nicht fair, mit nüchternem Magen so viel reden zu müssen. Aber was sollte er machen?

Hofbauer hielt sich an seine bereits geschriebenen Berichte, referierte knapp, ließ das mitgeschnittene Tonband ablaufen. Er sprach von Hägeles Geständnis, mit der Trantow vor dem Undosa spazierengegangen zu sein. Er erwähnte die Aussagen der Frau Friese und der Frau Kinninger und trug die wichtigsten Passagen der per Fax übermittelten Nachrichten Kreuzers vor.

»Hägele sitzt in U-Haft«, sagte er abschließend. »Und es ist durchaus möglich, daß er auch Linda Cordes auf dem Gewissen hat. Er hat sie öfter mit dem BMW abgeholt, das wissen wir. Und er wurde von ihr, so die Aussagen ihrer Angestellten, mehr als kühl behandelt. Außerdem hat er für die Tatzeit kein Alibi.«

Aber Hofbauer spürte förmlich, wie Dieckmann mißtrauisch die Ohren spitzte.

»Geben Sie mal her!« Der Staatsanwalt riß ihm die Unterlagen fast aus der Hand. Er blätterte darin herum, las hier ein paar Zeilen und dort einen Absatz, während Lichtlein neugierig dabeistand. Minuten vergingen.

»Dieser Hauptkommissar Kreuzer aus Fürstenfeldbruck«, Hofbauer spürte, wie Dieckmann die beiden Namen auf der Zunge zergehen ließ, »dieser Kreuzer aus Fürstenfeldbruck hat also, wenn ich das hier richtig interpretiere, den Zeuginnen«, erneutes Suchen, »den Zeuginnen Friese und Kinninger kein einziges Photo des angeblichen Mörders gezeigt. Stimmt das?«

»Hägele hat zugegeben, mit der Trantow vor dem Undosa gewesen zu sein. Er ist in ihre Wohnung eingedrungen.«

»Aber den Mord selbst hat er nicht gestanden.«

»Nein. Er hat irgendwas vom großen Unbekannten gefaselt.«

»Hat man ihn dem Haftrichter vorgeführt?«

»Nein.«

»Na, dann bin ich ja doch rechtzeitig zurückgekehrt.« Der Staatsanwalt erklärte, er wundere sich, daß Kollege Juglandis noch nichts von sich habe hören lassen. »Der steht morgen auf der Matte«, sagte er. Denn nach seiner, Dieckmanns, Beurteilung habe Hofbauer überstürzt gehandelt. Sehr überstürzt.

»Organisieren Sie eine Gegenüberstellung!« befahl er. »Sie ist unerläßlich.« Und er meinte, er könne das alles natürlich gut verstehen, Feiertage, Erfolgzwang und so weiter, aber ohne den Rat eines Staatsanwalts würden manche Dinge eben passieren. Man müsse vorsichtig sein. Und alles sorgfältig durchleuchten.

»Meine Herren, Sie schaffen das. Bis demnächst.« So energiegeladen, wie er gekommen war, verließ er das Zimmer.

Zurück blieben ein süffisant grinsender Lichtlein und ein recht belämmert dreinschauender Hofbauer.

»Fliegst du bald wieder auf die Kanarischen Inseln?«

»Natürlich nicht.«

»Dann schleich dich trotzdem.«

»Wie du meinst.«

Als Hofbauer endlich alleine war, stellte er grimmig fest, daß das neue Jahr beschissener anfing, als das alte zu Ende gegangen war. Er schmiß das Tonband in die Schublade, verließ sein Büro und ging rüber zum Augustinerbräu, um sich einen warmen Leberkäs zu kaufen.

Er hatte einiges zu überdenken, die merkwürdigen Worte Bastians mit eingeschlossen.

Hofbauer hörte die Leute reden, vom Aufschwung, der nicht kommen wollte, oder der schon wieder verschwunden war, ehe er um die Ecke geschaut hatte. Von denen da oben und denen da unten. Man unterhielt sich über Fußball, über den F. C. Bayern und die dort tätigen Millionarios.

Das Neujahrsspringen, erfuhr Hofbauer, war abgesagt worden. Und zwischendrin tauschte man die neuesten Nachrichten über die jüngsten zwei Morde aus, um dann wieder zum Alltäglichen zurückzukehren.

»Die Steuern steigen, und alles wird teurer. Das wird in einem furiosen Fiasko enden«, sagte ein Typ, der so aussah, als käme er frisch aus dem Sonnenstudio.

Als Hofbauer gezahlt hatte und wieder auf die Neuhauser Straße trat, hockte ein Bettler neben dem Tor, den umgestülpten Hut vor sich auf dem Boden.

»Denn man sieht nur die im Lichte, die im Dunklen sieht man nicht!«

Den Staatsanwalt konnte man sehen. Herrn Doktor Hägele ebenfalls. Okay, auch den Bettler konnte man sehen. Vielleicht war er organisiert und mußte abends seine Beute abliefern, wie seine Kumpane in der Dreigroschenoper?

Hofbauer dachte an Kreuzers Wermutbrüder. Er überquerte die Straße, stieg in den Lift und setzte sich vor seinen Schreibtisch. Der Duft des Dieckmannschen Parfums war zum Glück verflogen. Auch Lichtlein war Gott sei Dank wieder verschwunden.

Hofbauer ließ das Tonband mit der Aussage Hägeles ablaufen. Noch einmal und noch einmal.

»Wir sind spazieren gegangen. Plötzlich stand ein Typ vor uns. Er hat zugestochen. Mehrmals.«

Nicht schlecht.

»Haben Sie schon mal was von der Nitribitt gehört? Edelnutte der fünfziger Jahre?«

Es gab da einen Film, noch in Schwarzweiß, richtig, Hofbauer nahm sich vor, Erkundigungen einzuziehen. Vielleicht bei dem älteren Herrn, der zum Tanzen ins Undosa gefahren war. Es konnte ja sein, daß der den Film gesehen hatte.

»Fragen Sie doch diesen Florian Adler! Oder den Professor Vogel, diesen Heini! Oder die ganze scheißfeine Starnberger High Society.«

Okay. Hofbauer brachte das Tonband zum Schweigen. Wie Sie wollen, Herr Doktor Hägele. Dann fragen wir eben die ganze scheißfeine Starnberger High Society. Vielleicht wußte man dort Näheres über den Ginkgo-Baum?

Dabei galt es, sich erst einmal um Bastian zu kümmern. Aber Bastian war nicht mehr da.

Als Hofbauer wieder in der Perlacher Straße ankam, es war inzwischen Mittag geworden, lag der Zettel auf dem Teppich im Wohnzimmer. »Bin bei Thekla«, hatte Bastian unter die Nachricht seines Vaters geschrieben.

Hofbauer rief Claudia an, um ihr Bescheid zu geben, daß Bastian bei ihm aufgetaucht war. Claudia sagte das, was sie immer sagte, wenn es Schwierigkeiten gab: Bastian sei in einem Alter, in dem er für sich selbst verantwortlich sei. Außerdem habe er einen Daddy. Tschüs!

Hofbauer versuchte, seinen Sohn über das Handy zu erreichen, aber es meldete sich niemand, nicht einmal der Anrufbeantworter. Weil er schon mittendrin war, klingelte Hofbauer die Planegger Polizeistation an.

Er fragte den Diensttuenden nach einer eventuellen Drogenparty in der Silvesternacht. Was der Kollege mit dem schroffen Hinweis abtat, sie hätten nichts dergleichen bemerkt und genug mit der üblichen Kracherei zu tun gehabt.

»Das war's dann?«

»In etwa.«

»Ich hab zu tun.«

»Ich auch.«

Hofbauer stellte wieder einmal fest, daß bayerische Beamte zuweilen doch aus einem recht sperrigen Material gebastelt waren.

»Der See ist der beste Psychiater.«

Die Soko Salz saß am Montag darauf in Kreuzers Wagen, um die Aussagen Hägeles zu überprüfen.

Hofbauer hatte die Leute, die er vom Kaiserin Elisabeth her kannte, zu einer kleinen Besprechung gebeten. Obwohl er ahnte, daß die von Hägele so apostrophierte scheißfeine High Society Starnbergs weitaus zahlreicher und illustrer war als die paar Leute um die Ludwigsfreunde.

»Der See beruhigt die Seele«, sagte Kreuzer. »Wenn ihr mal Probleme habt, mietet euch ein Zimmer und schaut eine Woche lang immer nur auf das Wasser. Thomas Mann hat hier seinen Zauberberg geschrieben, das kleine Häuschen in Feldafing kann man jederzeit besichtigen, wenn man will.«

Er grinste. »Die Gegend hier ist absolut undemokratisch. Zoff mit Ausländern gibt es nicht. Die können sich gar nicht leisten, hier zu wohnen. Also ärgert man sich über sich selbst und über die Nachbarn.«

»Das findet man im Würmtal auch.«

»Reich und reich gibt sich die Hand.« Der Beamte aus Bruck hatte seinen gehässigen Tag. »Und das am häufigsten vorkommende Schild hier ist das Schild ›Betreten verboten‹!«

Sie fuhren jetzt am Ostufer entlang, vorbei an Bootshäusern auf der einen und pompösen Villen auf der anderen Seite der schmalen Straße. Der See glitzerte in der Wintersonne. Zufrieden und uneinnehmbaren Burgen gleich lagen die Prachtbauten hinter ihren Mauern. Man konnte sie jetzt, in der blattlosen Zeit, wesentlich besser sehen als im Sommer.

»Die Salzanalysen sind interessant. Und enttäuschend.« Anita, gut erholt, fand es an der Zeit, sich bemerkbar zu machen. »Die Ergebnisse liegen jetzt vor.« Sie nahm ein paar bedruckte Seiten aus ihrer Handtasche. »Es gibt eine ganze Menge verschiedener Haushaltssalze. Mit Knoblauch und ohne, mit Kräutern und ohne. Und so weiter. Das Salz, das wir bei der Cordes und der Trantow gefunden haben, kommt mit größter Wahrscheinlichkeit aus Bad Reichenhall. Es ist mit Natriumfluorid und Kaliumjodat angereichert.«

»Das heißt also, es kann nur in Bad Reichenhall gekauft worden sein?«

»Nein, lieber Kollege Kreuzer, es könnte aus jedem einigermaßen gut sortierten Einkaufsmarkt stammen. Und aus jedem Tante-Emma-Laden.«

»Dann hat es keinen Sinn, in dieser Richtung was zu unternehmen?«

»Ich fürchte, nein.«

Kreuzer ließ den Wagen auf einen kleinen Parkplatz rollen. Sie stiegen aus und standen direkt vor einem behäbig daliegenden Wirtshaus mit anschließendem Biergarten.

»Fast so schön wie das Planegger Bräustüberl«, fand Anita.

»Willkommen in Ambach!« rief Kreuzer theatralisch. »Und das hier ist das berühmte Seebichl, das In-Lokal des Voralpenlands.«

»Leider geschlossen«, stellte Hofbauer fest.

»Wir sind ja auch im Dienst.« Kreuzer schloß das Auto ab und ging zu dem hölzernen Steg, der zur Dampferanlegestelle führte. »Der Steg ist nicht begehbar.« Er deutete auf ein großes Schild. »Warum das so ist, bleibt ewig unerforscht.«

»Damit niemand ins Wasser fällt«, schlug Anita vor.

Hofbauer meinte, man wolle genügend Platz schaffen für die Möwen, die auf dem Geländer hockten und neugierig zu ihnen herüberblinkten.

»Wie dem auch sei«, Kreuzer beendete den Disput, »wir gehen jetzt zu Herrn Professor Vogel, dem Präsidenten der Ludwigsfreunde. Hast du die Liste?«

»Hab ich.«

Sie wanderten ein paar hundert Meter am See entlang, dann hielt Kreuzer vor einem schmiedeeisernen Tor, dessen Spitzen drohend die Luft aufspießten. Auf dem rechten Pfosten fletschte ein marmorner bayerischer Löwe die Zähne. Links saß ein übergroßer Frosch aus Ton, grün angemalt und schon ein wenig lädiert.

Ein Druck auf den Klingelknopf, und eine Stimme ertönte. »Was wünschen Sie?«

Hofbauer beugte sich nach unten. »Kriminalpolizei. Wir möchten Herrn Professor Vogel sprechen. Machen Sie bitte auf!«

Nach einigem Zögern öffnete sich eine schmale Gartentür, und die drei Beamten gingen über den asphaltierten Weg zu einer Freitreppe. Nochmaliges Klingeln, geduldiges Warten, dann erschien Florian Adler, nicht im Trachtenanzug, sondern in Bluejeans und Rollkragenpulli.

»Grüß Gott«, sagte er und lächelte, »Sie sind angemeldet?«

»Selbstverständlich«, sagte Kreuzer.

»Dann darf ich vorausgehen.« Und er führte seine Gäste über ein weit ausladendes Foyer in den Salon.

Dort waren wohlbekannte Gestalten versammelt: Der Hausherr, in der Latzhose sah er aus wie ein Hobbygärtner, Xaver Seibold mit dem langen Bart sowie sein Sohn Karl. Und der Wiesnwirt, der eine Virginia rauchte.

»Sie wollten uns sprechen?« fragte der Professor, nachdem man sich begrüßt und Platz genommen hatte. »Meine Gäste haben leider nicht allzu viel Zeit.«

Der Schrat nickte zustimmend. Er meinte, er müsse möglichst sofort wieder in seinen Wintergarten zurück. »Kommst du, Karl? Es gibt noch eine Menge zu tun.«

Aber sein Sohn war nicht damit einverstanden. Mit seiner sanften Stimme fragte er: »Hägele sitzt in U-Haft? Stimmt das wirklich?«

Als Hofbauer nicht gleich antwortete, wurde er ungeduldig. »Sie machen einen großen Fehler. Sie haben keinerlei Beweise, ich habe der Zeitung entnommen, daß Ihre Beweislage äußerst dünn beziehungsweise ...«

Kreuzer, der schon beim ersten Satz Vogels nervös mit den Füßen zu wippen begonnen hatte, unterbrach den Junior. »So leid mir das tut, Herr Seibold, aber ich muß Sie doch bitten, sich nicht in unsere Angelegenheiten zu mischen.«

Er bedankte sich dafür, daß die Herren sich Zeit genommen hatten. Man möge sich noch ein wenig gedulden mit der Heimfahrt, es seien, sicher nur ganz kurz, noch einige ergänzende Ermittlungen anzustellen, in der, nun ja, man wisse Bescheid, in der Mordsache Trantow.

Und er bat den Professor nach nebenan. Die anderen Herrschaften sollten inzwischen so freundlich sein und warten.

Der Professor, dem alles mehr oder weniger zur Zerstreuung zu dienen schien, forderte seine Freunde auf, noch eine Scheibe Brot und ein Stück Käse zu nehmen. »Emmy wird euch alles bringen.«

Dann ging er ohne Eile voran in die Bibliothek.

Sie setzten sich an einen kleinen Rauchertisch, Hofbauer und Kreuzer dem Professor gegenüber. Anita war bei den übrigen Herren geblieben.

»Zigarre?«

»Nein, danke.«

»Ist ja auch besser so.« Der Präsident zog ein zufriedenes Gesicht.

»Schießen Sie los! Ich weiß alles und nichts.«

»Wir werden sehen.« Kreuzer betrachtete die gepflegte Auswahl dicker Bücher, die in den Regalen verstaubte, und er überlegte sich, ob sie jemals gelesen worden waren.

»Die Villa ist schon sehr alt?« fragte er und sah hinaus auf den unberührten, tiefblauen See.

»Mein Großvater hat sie gebaut. Vor genau hundertneun Jahren. Interessieren Sie sich für derart heruntergekommene Gemäuer?«

»Nicht unbedingt. Mehr für ihre Insassen.«

Kreuzer beschloß, das Gespräch jetzt in die gewünschte Richtung zu lenken. Er rutschte auf dem unbequemen Stuhl ein wenig nach vorne. »Treffen Sie sich oft mit Ihren Freunden?«

»Ein- bis zweimal die Woche. Um über Kunst zu reden. Und über Politik. Und über Landwirtschaft.«

»Auch über Ludwig zwo?«

»Zuweilen.«

»Müssen Sie nicht ab und zu ein bißchen Geld verdienen?«

»Wenn ich's mir recht überlege, geht Sie das nichts an«, der Professor lächelte wohlwollend. »Aber weil heute so schön die Sonne scheint, will ich's Ihnen sagen. Ich verwalte das Vermögen gewisser Leute. Reicht Ihnen das?«

»Fürs erste, ja.«

»Na prima.«

»Kannten Sie Ricarda Trantow?«

»Wie meinen Sie das?«

»So wie ich es sage.«

Der Professor zupfte an den Trägern seiner Latzhose. Er dachte ein wenig nach, dann sagte er: »Ich war Ricardas guter Onkel, ja, so könnte man es nennen. Bedenken Sie, ich bin weit über siebzig. Und ich weiß genau, welchen Beruf sie hatte. Den ältesten der Menschheit. C'est la vie!«

»Sie geben also zu, ihr Kunde gewesen zu sein.«

»Kunde? Oh nein! Ich war ihr Beschützer, hab ihr ab und zu mal was zum Lesen gebracht oder irgendeine Kleinigkeit. Und ich bin aufrichtig traurig über ihren gewaltsamen Tod.«

Kreuzer warf einen prüfenden Blick auf Vogel, der den Blick gelassen erwiderte.

»Hatten Sie einen Schlüssel zur Trantowschen Wohnung?«

»Selbstredend. Er ist an meinem Schlüsselbund befestigt. Möchten Sie ihn haben? Ich brauch ihn ja nun nicht mehr.«

»Besaß die Trantow ein Handy?«

»Wie? Natürlich! Jeder Mensch hat heutzutage ...«, Vogel unterbrach sich, »das ist aber eine merkwürdige Frage.«

»Ansichtssache. Könnte es sein, daß Ihr Name auf dem Handy gespeichert war?«

»Natürlich.«

»Peinlich, nicht wahr?«

»Aber nicht doch. Ich sagte Ihnen schon, wie ich zu Ricarda stand. Mein Name auf dem Handy? Das ist eher«, er kicherte albern, »eine gewisse Ehre. Noch gehöre ich nicht auf den Schrotthaufen.«

Der Professor begann, sichtlich stolz, von seinen Abenteuern amoris causa zu erzählen. Von früher, von ganz früher und davon, daß er sich voll ausgelebt habe, früher.

Als die beiden Kriminaler nicht reagierten, erkundigte er sich, ob Emmy, wer immer das auch war, noch etwas zu knabbern bringen solle.

»Wo waren Sie am 23. Dezember, neunzehn Uhr?«

Vogels Stirn bekam nachdenkliche Falten.

»Ist das wichtig?«

»Wie man's nimmt.«

Er überlegte. Dann sagte er: »Ich war in Tutzing, nehme ich an. Bei meiner Tochter. Ja, das könnte sein. Ich war bei meiner Tochter.«

»Warum lügen Sie?«

»Donnerwetter!« Der Professor blies die Backen auf, pustete die angestaute Luft nach ein paar Sekunden empört nach oben. Aber er schwieg.

»Wir wissen, daß Sie am 23. Dezember bei der Ärzteweihnachtsfeier waren. Also bitte, warum schwindeln Sie uns an?«

Vogel schlug die Beine übereinander, umfaßte mit beiden Händen seine Knie und starrte zur Decke. »Wie haben Sie das denn rausgekriegt?«

»Ganz einfach. Wir haben uns die Gästeliste geben lassen.«

Der Mann in der Latzhose war nicht im geringsten beunruhigt. Er tat so, als sei er an einem fröhlichen Interview beteiligt, in dem es um fröhliche, belanglose Dinge ging.

Kreuzer ärgerte sich. Er konnte alles vertragen, nur nicht, daß man sich über ihn lustig machte. Es trat eine Pause ein, in der Vogel, sichtlich interessiert, auf die Fortsetzung des Interviews wartete.

»Sie haben von dem Vorfall draußen auf der Straße nichts mitbekommen?«

»Ich hab mal das Martinshorn gehört, und wenn ich gewußt hätte, daß es um Ricarda geht ...«

»Was dann?«

Vogel antwortete nicht sofort. Er schien das Interview jetzt nicht mehr ganz so toll zu finden. Man sah ihm an, daß er einen kurzen, heftigen Kampf mit sich ausfocht, dann sagte er leise: »Ricarda war süchtig. Tabletten und all so Zeug, Sie werden das ja sicher wissen.«

Kreuzer nickte. »Ich verstehe nur nicht ganz ...«, begann er, aber der Professor ließ ihn nicht ausreden.

»Ich möchte in nichts reingezogen werden. Jeder Zusammenhang mit irgendwelchen Koksereien ist mir zuwider.«

Kreuzer stand auf, wanderte ein paarmal um den Rauchertisch herum und blieb vor Vogel stehen.

»Ist es nicht komisch, daß Ihnen Ihr Name auf dem Handy nichts bedeutet, bis auf diesen, nun, etwas seltsamen, auf gewisse Weise verständlichen, männlichen Stolz?«

Kreuzer verhedderte sich, begann aufs Neue. »Daß Sie mit der Tablettensucht der Trantow aber Ihre Probleme haben?«

Über diese Frage mußte der Professor nachdenken, zum allerersten Mal, wie es schien.

Er zuckte die Achseln, betrachtete seine schlecht geputzten Schuhe, dann sagte er: »Der Mensch ist der geborene Widerspruch. Mehr kann ich Ihnen zu Ihrer Frage nicht anbieten. Es ist wenig, aber es ist immerhin etwas.«

Der Kommissar aus Bruck gab sich leidlich zufrieden.

Er nahm wieder Platz, legte die Fingerspitzen seiner Hände aneinander und schloß für fünf Sekunden die Augen. Dann fragte er unvermittelt: »Kannten Sie auch Linda Cordes?«

Vogels Antwort kam schnell. »Diese arme Friseurin? Nein, ganz ausgeschlossen!«

»Sie sagen ausnahmsweise mal die Wahrheit?«

»Ich schwöre.«

Kreuzer ließ ein entrüstetes Schnauben hören. Erneut sprang er hoch, baute sich vor Vogel auf, die Hände hinter dem Rücken. »Welche Bedeutung hat für Sie der Begriff Salz?«

Vogel sah die beiden Beamten an, als wären sie übergeschnappt. »Sowas hat mich noch niemand gefragt!« Sein Erstaunen ging über in ein kopfschüttelndes Lachen. »Salz! Welche Bedeutung ... ach ja, ich erinnere mich, da stand ja auch was in der Presse, ich hab da was gelesen ...«, er dachte scharf nach, »rätselhaft, ganz und gar rätselhaft.«

Er war offensichtlich froh, scheinbar gefährliche Klippen einigermaßen sicher umfahren zu haben.

Schließlich erbot er sich, Florian Adler zu holen. Der Ärmste sitze wie auf Kohlen. Und die merkwürdige Fragerei sei doch nun beendet, ganz offensichtlich.

»Könnte es sein, daß Sie in der Wohnung der Trantow waren«, belehrte ihn Kreuzer eines Besseren, »nachdem sie ermordet wurde?«

»Es könnte keinesfalls sein«, antwortete der Präsident. »Was hätte ich dort noch zu suchen gehabt?«

»Vielleicht doch das Handy?«

»Unsinn! Was sollte ich damit? Darf ich Ihnen jetzt Herrn Adler schicken?«

»Sie dürfen.«

»Dann bis später. Es war mir ein ... Vergnügen kann man das wohl nicht nennen, ach was, lassen wir's! Übrigens, Hägele ist unschuldig. Bei den Loyalen Ludwigsfreunden gibt es keine Mörder.«

Und immer noch kopfschüttelnd verließ er die beiden Kriminaler.

Florian Adler erschien.

Der junge Mann in Jeans und Rollkragenpulli war hochnäsig und voller Phrasen. Er sei Landtagsabgeordneter, erklärte er, heute nur eher zufällig hier, Müßiggang sei aller Laster Anfang. Dabei habe er gar keine Laster. Sein Hobby sei Arbeit, er verdiene nicht, er diene. Und zwar dem Freistaat Bayern.

Hofbauer, der absprachegemäß jetzt die Fragen stellte, wollte wissen, ob Adler verheiratet sei.

»Selbstredend«, antwortete der Landtagsabgeordnete. »Ich bin glücklich verheiratet mit der Tochter des Finanzministers. Ich habe zwei nette, kleine Buben. Hier sind sie. Ich bin der Meinung, Bilder sagen mehr als tausend Worte.« Und schon blätterte er ein paar Photos aus der Gesäßtasche.

Hofbauer warf einen kurzen Blick darauf.

Er hatte den Mann völlig anders in Erinnerung. Im Kaiserin Elisabeth war er höflich und zuvorkommend gewesen. Heute war er eher das Gegenteil, immerhin sehr wandlungsfähig, stellte Hofbauer fest.

»Kannten Sie Ricarda Trantow?« schoß er die nächste Frage ab.

Die Antwort war ein entschiedenes »Nein«, Adler habe den Namen mal in der Zeitung gelesen, mehr nicht.

Es gebe aber Leute, die das Gegenteil behaupteten, sagte Hofbauer.

»Blödsinn!«

Verlegen begann Adler in seinem Ohr zu pulen. »Ich kann mir nicht vorstellen, daß es da jemanden gibt. Es sei denn, es ist ein Feind.« Er schien froh zu sein, eine mögliche Lösung gefunden zu haben. »Jemand will mir ans Bein pinkeln! Ich bin sicher, es war der politische Gegner, der da ein Gerücht verbreitet hat. Und der mir schaden will.«

Er schnippte einen kleinen Krümel in die Luft.

»Waren Sie Kunde der Trantow?«

»Nein.«

»Herr Doktor Hägele behauptet aber, Sie wären es sehr wohl gewesen.«

»Das ist eine Unverfrorenheit. Hägele phantasiert. Der Kerl hat schon immer gelogen wie ein Schwein.«

Florian Adler saß wie angewurzelt auf seinem Stuhl, aber die Pulerei in seinem Ohr nahm beängstigende Ausmaße an.

»Wo waren Sie am 23. Dezember? Neunzehn Uhr?«

»Ich? Wollen Sie mich verarschen? Der Fall ist längst geklärt, das haben Sie selbst gesagt. Ein Scheiß ist das! Ich habe durchaus die Möglichkeit, mich über Sie zu beschweren. Durchaus.«

Hofbauer blieb ungerührt. Er stellte fest, daß sich Florian Adler auch nicht viel vornehmer benahm als Doktor Hägele.

»Wir wissen, wo Sie waren. Bei der Feier im Undosa, als Ehrengast.«

Adler wischte ein paar unsichtbare Stäubchen von seinem Pulli, dann sagte er: »Ist es verboten, irgendwo Ehrengast zu sein?«

»Natürlich nicht. Nur ist es unangenehm, wenn in der Nähe ein Mord geschieht.«

»Da kann ich nichts dafür.«

»Wann sind Sie denn in dem Festsaal eingetroffen?«

»Fragen Sie meine Bodyguards! Oder meinen Terminkalender. Ich war in den letzten Wochen auf zig Weihnachtsfeiern, Sie wissen ja, wenn man eine Persönlichkeit des öffentlichen Lebens ist ...« Er setzte ein entsprechendes Lächeln auf.

Hofbauer, der unwillkürlich an Zahnpastareklame denken mußte, schluckte eine passende Bemerkung gerade noch so hinunter.

»Kannten Sie die Friseurin Linda Cordes?« Er klopfte auf den Tisch, wie um das Zahnpastalächeln Adlers zu beenden. Es war auch im Nu verschwunden. Adler wurde pampig.

»Daß Sie's nur wissen: Ich habe Beziehungen genug, Sie aus den Angeln zu heben! Ein Wink mit dem kleinen Finger, und ...«

»Ob Sie Lindas Cordes kannten!«

»Never heared!«

»Hatten Sie schon mal was mit Ecstasy zu tun?«

Ein schrilles Kreischen war die Antwort.

»Sorry! Tut mir ganz wahnsinnig leid! Ich weiß nicht mal, wie man das schreibt.«

Adler stand auf, schüttelte sich wie ein Hund und war plötzlich wieder der verbindliche Animateur.

»Und damit wollen wir's genug sein lassen, Herr Kommissar! Irren ist menschlich, dagegen sind wir alle nicht gefeit. Sie nicht und ich auch nicht.«

Das Eingeständnis, selbst auch nicht unfehlbar zu sein, schien ihm schwer zu fallen.

»Kommen Sie doch zu unserem nächsten Gesellschaftsabend. Oder zu unserem Faschingsball. Ich lasse Ihnen Einladungen zuschicken. Sie sind immer willkommen.«

Die beiden Beamten hielten es für besser, stumm zu bleiben.

Der Abgeordnete gab noch ein paar Einblicke in sein arbeitsreiches Leben von sich, aber als sie nicht reagierten, breitete er, scheinbar resigniert, die Arme aus.

Er ging zur Tür, wandte sich nach ein paar Schritten noch einmal um. »Der Professor hat mir von Ihrer lustigen Frage nach dem Salz erzählt. Sie sind wirklich unübertrefflich, meine Herren! Sie könnten im Fernsehen auftreten. Ganz im Vertrauen: Ich esse gerne saure Zipfel.«

Und weg war er.

Die Gespräche mit Vater und Sohn Seibold verliefen in frostiger Atmosphäre. Anita, die sichtlich verärgert war, weil man sie zum Warten verurteilt hatte, setzte sich zu ihren männlichen Kollegen und funkte gehörig dazwischen.

Der Mann mit dem Bart machte auf zerstreut und unbeholfen. Er gab auf die meisten Fragen erst nach gründlichem Nachdenken eine Antwort.

Er kenne niemanden, außer den Leuten vom Club, wie er die Ludwigs-Jünger nannte. Übrigens, das mit Ludwig zwo sei alles nicht so bierernst zu nehmen. Wichtig sei mehr die Geselligkeit, jawohl. Mahlend begann er an seinem Bart zu kauen.

Linda Cordes? Ricarda Trantow? Er interessiere sich nicht für Frauen.

»Aber Sie haben doch einen Sohn?« fragte Anita.

Vermehrtes Kauen, dann: »Karl ist fünfunddreißig. Seine Mutter ist Heilpraktikerin gewesen. Sie ist vor acht Jahren gestorben.«

»Und seit der Zeit ...?«

»... bin ich solo.«

Anita nickte bedauernd.

»Besitzen Sie ein Handy?«

»Ich? Nein.« Seibold senior schüttelte energisch den Kopf. »Ich habe auch kein Internet. Das ist mir alles viel zu modern.«

»Und was machen Sie beruflich?«

»Nun ja, was heißt beruflich, ich bin Rosenzüchter. Es wird«, er lächelte, »bald eine Seibold-Rose geben. Von mir geschaffen. Aber«, er wurde sehr ernst, »ich bin nicht gesund. Karl soll mein Werk einmal weiterführen. Nur leider ...«

»Was leider?«

»Ach, nichts.«

»Sie sind doch noch jung.«

»Achtundfünfzig Jahre.«

»Und wo wohnen Sie?«

»Ich wohne in Berg, dort, wo der große bayerische Schriftsteller Oskar Maria Graf seine Kindheit verbrachte, übrigens eine sehr harte Kindheit. ›Graf und der Sozialismus‹, ein interessantes Thema! Es beschäftigt mich schon lange.« Nachdenkliches Stirnrunzeln.

Hofbauer, der geduldig zugehört hatte, wollte wissen, ob Seibold sich vorstellen könne, daß Hägele einen oder gar zwei Morde begangen habe.

Xaver Seibold schüttelte den Kopf. Nach minutenlangem Schweigen sagte er: »Das halte ich für ausgeschlossen. Hägele ist ein Sprücheklopfer, das schon, er gibt schrecklich an mit seinem Auto. Aber das tun sie doch alle, die Herrschaften, die einen BMW unter den Arsch geklemmt haben!«

Seine kleinen Äuglein funkelten böse, zum ersten Mal sah Seibold senior nicht mehr ganz so aus wie ein harmloser Rosenzüchter.

»Und was fahren Sie selbst?« fragte Anita.

»Was ich fahre? Einen Fiat. Er ist ganz alt und ganz klein.« Er zeigte es mit den Händen.

»Nehmen Sie Ecstasy?«

Kurzes Zögern, dann, mit ironischem Grinsen: »Ich schlucke es täglich. Ich fabriziere es, in meiner – wo? Ach ja, wo macht man das? – in meiner Garage. Und ich mische Rosendünger dazwischen. Tonnenweise.«

»Sehr witzig!« Kreuzer ging die betuliche Art des Ökofreaks sichtbar auf die Nerven. Er stellte noch einmal die Frage nach der Cordes und der Trantow. Und nach den entsprechenden Alibis.

Xaver Seibold wiederholte das, was er schon anfangs gesagt hatte.

Kein Interesse an Frauen.

Zu den Tatzeiten?

Ob das noch wichtig sei?

»Es dient zur Abrundung unserer Arbeit.«

»Soso.«

Da sei er selbstverständlich in seinen Gewächshäusern gewesen. Und er finde es, wie solle er sagen, eigentlich geschmacklos, ihn, einen braven Zeitgenossen, in derart schmutzige Machenschaften zu verwickeln.

»Was das kuriose Problem mit dem Salz betrifft«, er dachte längere Zeit nach, »so muß ich Ihnen allerdings gestehen, daß ich viel zu viel davon konsumiere.« Er tat so, als habe man ihn beim Stehlen erwischt. »Ich müßte eigentlich, gewissermaßen, Salzmann heißen. Statt Seibold.« Sein Bart zitterte.

Es folgte ein langer, sehr gründlicher Vortrag über Natrium chloratum, so der chemische Name, in Zusammenhang mit hohem Blutdruck. Und daß er, Seibold, seine Speisen salzen könne »noch und nöcher«, sein Blutdruck sei normal. Ganz gegen die offizielle Meinung der Wissenschaft. Aber was das alles mit den, wie solle er sich ausdrücken, häßlichen Morden zu tun habe? Und plötzlich fiel ihm wieder ein, es besonders eilig zu haben.

»Ich muß weg«, rief er, »sofort!«

»Dann reden Sie nicht so viel!« Anita flüsterte es nur, aber der Schrat hatte es trotzdem gehört. Ihre Blicke trafen sich, und Anita wunderte sich über die Befangenheit, die sie dabei verspürte.

Wie auf Befehl stolperte der Sohn ins Zimmer, mit kleinen, nur scheinbar eckigen Bewegungen. Seine Zauberkugeln hatte er diesmal zu Hause gelassen.

Ohne eine Erklärung abzugeben, begann er vom Wetter zu sprechen. Eine Kaltfront sei unterwegs, er habe es soeben im Radio gehört. Die Kaltfront komme aus Sibirien, wie nicht anders zu erwarten gewesen war, und es sei bald aus mit dem ekelhaften Matsch- und Tratschwetter. Von dem allerdings, die Kriminaler wunderten sich, seit Tagen nicht die Rede sein konnte. Trotzdem behauptete er: »Die Luft wird rein und klar. Rein und ohne Makel.«

Da die Befragung des Schrats sowieso zu Ende war, schickten die Beamten den Vater in den Salon zurück und baten den Junior, Platz zu nehmen.

Karl Seibold wußte über die beiden Morde bestens Bescheid, wie sich herausstellte. Er konnte ganze Sätze und Überschriften der Pressemeldungen auswendig.

»Hägele«, seufzte er, »sieh mal einer an, wer hätte das gedacht? Aber wer kann in einen Menschen hineinschauen?«

Er selbst sei Student der Philosophie, Zweitstudium, nach ein paar Semestern Zeitungswissenschaft.

Kreuzer unterbrach ihn schroff. »Kannten Sie Linda Cordes?«

»Nein. Ich kannte auch Ricarda Trantow nicht. Das wollten Sie doch wissen, oder?«

»Koksen Sie?«

Der Junior warf einen schnellen Blick zur Tür, als ob er auch auf diese Frage gewartet hätte. Er wisperte: »Ich hab mal gekifft. In der Schule.«

Wieder ein Blick zur Tür. »Aber nichts dem Alten sagen! Er wirft mich sonst raus!«

»Ich hab gefragt, ob Sie Kokain schnupfen?«

»Meine Antwort ist eindeutig: Nein!«

Karl Seibolds Stimme geriet vom Sanften ins Eifernde.

»Kokain ist nicht die Lösung. Es hat keinen Sinn, vor den Problemen des Daseins davonzulaufen! Man muß handeln, Farbe bekennen.«

»Eben.«

»Dabei dreht sich alles um Geld. Und um Erfolg. Hier draußen hat jeder seinen Seelenklempner, vom Schulkind bis zum Greis.«

»Sie auch?«

Der Junior überhörte die Frage.

»Das Allerkleinste ist oft das Größte. Wichtig ist die Ganzheit, die Betrachtung von außen. Dann offenbart sich auch das Innere. Sind Ihnen die Werke von Vithoulkas ein Begriff?«

Als niemand eine Antwort gab, begann er, von der Wissenschaft der Nanometrie zu sprechen.

Im Nanometriebereich würden die meisten physikalischen und chemischen Gesetze nicht mehr gelten.

»Die Bewegung der Moleküle. Hochinteressant! Teilchenbeschleunigung! Das hängt alles eng zusammen mit meinem Philosophiestudium.«

»Und mit unserem Studium hängt es zusammen, jeden Senf mitanhören zu müssen.«

Hofbauer erhob sich und teilte dem Junior mit, man bedanke sich, die Herrschaften könnten jetzt getrost nach Hause fahren. »Nach Berg.«

»Schilfweg 16.«

»Meinetwegen.«

»Wissen Sie, daß man Natriumchlorid auch von ganz anderer Seite aus betrachten kann?«

»Von welcher denn?«

»Hilf dir selbst, so hilft dir Gott!«

»Ach, so ist das.«

Sie gingen in den Salon.

Dort stand der Professor, der inzwischen seine Latzhose in einen Jogginganzug eingetauscht hatte, mit dem Schrat am Fenster und betrachtete den See. Florian Adler war verschwunden. Der Wiesnwirt allerdings auch.

Auf Hofbauers Frage antwortete der Professor, sein Freund lasse sich höflichst entschuldigen. Er habe aber Adresse und Telephonnummer dagelassen. »Baldur wohnt in Starnberg, gleich neben dem Königlich Bayerischen Yachtclub. Er ist nahezu immer erreichbar.«

Ein Zettel wechselte den Besitzer.

Vater und Sohn Seibold grüßten kühl zum Abschied und stiegen in ihren Fiat. Der Professor erkundigte sich, ob ihm die Herrschaften von der Kripo die Freude machen würden, ein bescheidenes Mittagessen mit ihm einzunehmen.

Hofbauer sagte ja, Kreuzer nein. Anita, als Zünglein an der Waage, schlug sich auf Kreuzers Seite. Aus Diätgründen.

Der Professor war enttäuscht, beinahe unglücklich. Aber er gab der Hoffnung Ausdruck, die Einladung irgendwann nachholen zu können. Und die Kripo möge bald greifbare Erfolge zeigen. Die heutigen Ermittlungen seien doch wohl nur Formsache gewesen.

»Können Sie uns noch ein bisserl was über Doktor Hägele erzählen?«

Hofbauer nahm seinen Mantel vom Haken und warf ihn über den Arm.

»Was ist das für ein Mensch?«

Der Professor dachte nicht lange nach. »Hägele ist ein guter Freund von mir. Es ist unvorstellbar, daß er Ricarda umgebracht haben soll. Ich wollte Ihnen das nur nochmal ganz deutlich sagen.«

Und er fügte hinzu, Hägele sei vielleicht manchmal etwas eigen. Das sei aber auch alles. »Er ist Träger unserer silbernen Ehrennadel. Sie waren ja selbst bei der Verleihung dabei.«

»Stimmt.«

»Karl ist außerordentlich aktiv. Er organisiert jedes Jahr ein historisches Lampionfest auf der Roseninsel.«

»Und wer spielt den Kini?«

»Das macht unser Ömer.«

»Wer?«

»Ömer Hatil. Der Friseur aus Pasing.«

Vogel legte dar, daß hier wieder einmal die völkerübergreifende Politik der Ludwigsfreunde sichtbar werde. »Wir sind stolz darauf, den Mann in unseren Reihen zu haben. Und nicht genug«, er zog die Jogginghose ein Stück weiter über seinen Bauch, »die Darstellerin der Sisi ist eine Italienerin. Maria Foconi, Ömers Verlobte. Was sagen Sie jetzt?«

Hofbauer, der die Frage nach dem Kini mehr im Spaß gestellt hatte, pfiff überrascht durch die Zähne. Er erkundigte sich noch einmal, ließ sich die Namen wiederholen, aber er hatte sich nicht verhört.

Der Präsident sagte, er habe Photos von den Festen in seinem Archiv. Auf Hofbauers Bitten eilte er in die Bibliothek, um sie zu holen. Kreuzer, der mit Anita schon zum Auto gegangen war, kam zurück.

»Gibt's Probleme?«

»Wie man's nimmt.«

Vogel brachte ein dickes Album, man setzte sich noch einmal in den Salon, und dann konnte man die Ludwigsfreunde im Schein romantischer Beleuchtung bewundern.

Sie waren alle versammelt. Der Professor, Florian Adler in Begleitung seiner Gattin, Hägele, der Wiesnwirt mit einem blutjungen Ding, das mit Sicherheit weder seine Frau noch seine Tochter war. Und viele der Damen und Herren, die Kreuzer und Hofbauer vom Vortragsabend her kannten. Mittendrin seine Majestät Ömer Hatil mit der allerliebsten Sisi alias Maria Foconi. Der Schrat allerdings war nirgends zu finden, auch sein Sohn war nicht dabei.

»Die beiden sind Gäste, keine Mitglieder«, erklärte Vogel. »Sie sind für lustige Festlichkeiten auch kaum zu begeistern. Im Vertrauen gesagt«, er senkte seine Stimme, »ich bin nicht traurig darüber.«

Hofbauer fragte, ob er eins der Photos mitnehmen könne.

»Aber warum denn?«

»Reine Routine.«

Nach langem Zögern zeigte sich der Professor bereit, den Klebeecken ein Bild zu entnehmen und »bitte nur für ganz kurze Zeit« zu opfern.

»Okay. Herzlichen Dank.«

Hofbauer schob das Photo in die Jackentasche, und die Kripoleute verabschiedeten sich ein zweites Mal. Ausgiebiges Händeschütteln, man wünschte sich »gute Zeit« und »viel Erfolg«.

Zurück blieb der Professor. Verloren stand er vor seiner Villa, winkte den Kriminalern sogar noch einmal zu, bevor ihn die breite Haustür verschluckte.

»Der geht bestimmt nicht zum Joggen«, sagte Kreuzer, als sie wieder in ihrem Dienstauto saßen.

Anita nickte. »Und wer ist diese Emmy, von der er dauernd gesprochen hat?«

»Die gibt's wahrscheinlich gar nicht.«

»Ludwig zwo hat auch sehr oft mit Marie Antoinette gespeist. Die war allerdings auch damals schon lange tot.«

»Erinnere mich bitte nicht ans Essen.«

Sie fuhren auf die Landstraße in Richtung Tutzing, die Männer mit knurrendem Magen, Anita mit amüsiertem Lächeln.

In Tutzing angekommen, hielt Kreuzer vor einer türkischen Imbißbude. Nach kurzem Disput stiegen sie aus, gingen in den Laden und bestellten zweimal Döner für die Herren und einmal Salat für die Dame. Während sie aßen und einen Schluck Mineralwasser dazu tranken, legte Hofbauer das Photo auf den Tisch. »Das ist wahres Multikulti! Der Türke Hatil spielt mit der Italienerin Foconi ein bayerisches Traumpaar.«

»Auf einer Insel im Starnberger See.«

»Warum denn nicht? Wir essen ja auch diesen wunderbaren Döner vor der Kulisse der Zugspitze.« Kreuzer deutete aus dem Fenster, hinüber zum Karwendelgebirge.

»Beim sogenannten Matsch- und Tratschwetter.«

»Dieser Seibold junior spinnt.«

»Das schon, aber was er über die Nanometrie gesagt hat, war richtig.«

»Kennen Sie sich da aus?«

»Etwas.«

Hofbauer, der den letzten Sätzen schweigend zugehört hatte, steckte das Photo wieder in die Tasche. Er nahm sein fast leeres Glas, tauchte den Finger in das Mineralwasser und begann gleichmäßig über den Rand des Gefäßes zu streichen. Ein leises, immer stärker werdendes, durchdringendes Geräusch entstand. Der Mann hinter der Theke sah entsetzt zu ihnen herüber.

»Ihr kennt das ja«, sagte Hofbauer. »Wenn man den Finger lange genug im Kreise dreht, wird der Ton immer unerträglicher.« Seine Hand hielt still, das Geräusch verebbte. »Und wir drehen uns auch im Kreis, immer rundherum. Ohne auf den schrillen Pfiff zu hören. Zum Beispiel, was den Doktor Hägele betrifft.«

Der Besitzer des Ladens, froh über die wiederhergestellte Ruhe, erkundigte sich, ob er zum Nachtisch noch irgend etwas bringen dürfe, eine Süßspeise etwa.

Aber er bekam keine Antwort.

»Mensch, Hofbauer«, Kreuzer war der erste, der sich gefangen hatte, »du wirst doch nicht plötzlich an deiner eigenen Theorie zu zweifeln beginnen?«

Hofbauer lachte. »Dazu ist es bekanntlich nie zu spät. Aber ohne Spaß«, er rieb sich nachdenklich die Nase, »das geht mir schon seit Stunden im Kopf herum. Nehmen wir mal an, Hägele ist tatsächlich unschuldig. Okay, da ist das Märchen von dem großen Unbekannten. Aber tun wir mal so, als gäbe es ihn wirklich.«

»Wer soll dieser Unbekannte denn gewesen sein?«

»Ich weiß es nicht.«

»Na, also.«

»War's der Professor? Oder Florian Adler? Ich frage mich: Wieso waren die beiden in der Nähe des Tatorts? Und stelle gleichzeitig fest, der Professor ist zu alt.«

Hofbauer gab dem Mann hinter der Verkaufstheke, der inzwischen eine Reihe anderer Kunden bedient hatte, einen Wink und bestellte dreimal türkischen Kaffee.

»Zweimal Kaffee und einmal Pfefferminztee, bitte schön«, korrigierte Anita.

»Selbstverständlich, gnädige Frau!« Der Mann zwirbelte seinen Schnurrbart.

»Vielleicht hat Dieckmann tatsächlich recht mit seinem Mißtrauen. Dabei gönn ich's ihm überhaupt nicht.«

Zwei Kinder schneiten herein, zusammen mit einem überraschend frischen Luftzug. Sie bekamen eine Handvoll Trauben geschenkt.

Kreuzer knöpfte seine Jacke zu. »Die Kältewelle kommt«, spottete er, »wie von unserem Philosophen vorausgesagt.«

»Der kann mir gestohlen bleiben.«

Der Wirt stellte die Getränke auf den Tisch, Anitas Tee war mit einem grünlich schimmernden Pfefferminzblatt garniert. Hofbauer mußte an die beiden Herzchen denken, die Maria Foconi auf den Cappuccino gezaubert hatte. Er dachte auch an ihre makellosen Beine, was bedeutend angenehmer war, als der Gedanke an den Staatsanwalt.

Fast automatisch nahm er das Photo wieder hervor. »Das ideale Prinzenpaar der nächsten Faschingssaison«, stellte er bewundernd fest. Er schob das Photo wieder ein.

Sie tranken ihren Kaffee, Anitas Pfefferminzblatt landete, nach mehrmaliger, intensiver Geruchsprobe, auf dem Grund ihres leergetrunkenen Glases.

Hofbauer sah zur Uhr. »Die Gegenüberstellung ist um vier«, erinnerte er die Runde. »Wir sollten uns auf die Socken machen.«

Kreuzer erbot sich, die Rechnung zu bezahlen, was eine kleine Diskussion auslöste, ob die Kriminaler aus München das Angebot annehmen sollten oder nicht. Kreuzer siegte.

Erneut stiegen sie ins Auto, fuhren aus Tutzing heraus, zurück Richtung Starnberg. Die Straße war eng und kurvenreich, zum Glück waren nur wenige Fahrzeuge unterwegs.

»Schloß Garatshausen«, sagte Kreuzer nach ein paar Kilometern und deutete aus dem Fenster. »Hier residiert die Fürstin Gloria, allerdings nur im Sommer. Ihr wißt schon, die mit dem ›Der Schwarze schnakselt gerne‹. Ihr wohl bekanntester Kommentar zur Globalisierung.«

»Wir wissen es.« Anita fauchte wütend, sie könne den Schwachsinn nicht mehr hören.

Kreuzer blieb ungerührt. »Gesagt ist gesagt. Und die Grafen und Barone«, der Beamte aus Bruck war wieder bei seinem Lieblingsthema angelangt, »wohnen auch alle hier. Die Familie Hipp, die von Millers, der Zigarrenboß Zechbauer. Und Gauweiler. Und der FC-Bayern-Arzt Müller-Wohlfahrt.«

»Hör bitte auf!«

»Dabei liebe ich den Starnberger See. Und wie! Die Farbe des Wassers. Im Herbst, habt ihr den See schon mal im Herbst erlebt? Ich hab hier sogar mal ein Schifferl gehabt, eine Sunflower, mit der bin ich allen davongesegelt.«

»Der See ist offen für Arm und Reich«, sagte Anita. »Kennt ihr das Paradies? Den Badestrand? Ich bin da schon hundertmal gewesen.« Sie lachte. »Mit allen meinen Freunden. Ich bin rausgeschwommen und hab den Booten zugewunken, und manchmal bin ich sogar in so ein Boot reingeklettert und, na ja, und so weiter ...«

Sie fuhren schweigsam dahin, in Gedanken versunken, bis Kreuzer wieder zu lästern anfing. »Der See ist keineswegs offen. Er ist geschlossen. Alles privat!«

»Aber doch nur an manchen Stellen.«

»Fast überall!«

Hofbauer machte den Vorschlag, sich wieder mehr mit dem Fall Cordes/Trantow zu befassen. »Ich bin sicher«, er stockte, beobachtete erbost einen Sportwagen bei einem sehr gewagten Überholmanöver, »daß ich mir nicht mehr so ganz sicher bin.«

»Auf meine Zeugen ist Verlaß«, sagte Kreuzer. »Warten wir's ab!«

Hofbauers Pessimismus war berechtigt. Die Gegenüberstellung begann kläglich. Man hatte zehn Männer in dem speziell dafür geschaffenen Raum des Polizeipräsidiums aufgebaut, Hägele mitten unter ihnen. Alle trugen einen kurzen, hellen Mantel, waren etwa gleich groß.

Frau Friese erschien, nervös und aufgeregt. Sie bestand darauf, nur mit ihrem Gatten zusammen die Gestalten, die hinter der üblichen halbdurchsichtigen Glasscheibe standen, zu betrachten. Dieckmann aber stellte sich stur und schickte Herrn Friese barsch aus dem Zimmer.

Frau Friese begann zu schwitzen. Sie komme sich vor wie beim Tatort, stöhnte sie, und sie wisse nicht mehr aus noch ein. Rechtsanwalt Juglandis, der ebenfalls erschienen war, zog sein süffisantes Gesicht.

Kreuzers Zeugin fischte erst die Nummer eins aus der Reihe, nach langem Zögern. Dann deutete sie auf die Nummer sieben, mehr aus Verlegenheit, und nur, um überhaupt etwas zu tun. Herrn Doktor Hägele, der die Nummer fünf trug, erkannte sie nicht.

Nach ein paar endlosen Minuten komplimentierte Dieckmann die Unglückliche aus dem Zimmer, mit steinerner Miene.

»Das fängt ja gut an, verdammt nochmal«, zischte Kreuzer seinem Kollegen zu, als sie kurz unbeobachtet in einer Ecke standen. Er hatte die Munterkeit der gemeinsamen Autofahrt völlig vergessen.

»Die Friese ist doch deine Zeugin!« zischte Hofbauer zurück. »Und auf deine Zeuginnen ist bekanntlich Verlaß!«

Die Kinninger kam. Sie war etwa vierzig Jahre alt, resolut. Wenn man wollte, konnte man behaupten, sie sei hübsch.

Schon nach wenigen Sekunden sagte sie: »Nummer fünf. Das ist der Mann, den ich an jenem Abend gesehen habe, eindeutig.«

Die beiden Kommissare atmeten auf. Juglandis wurde blaß. Aber er faßte sich schnell.

»Mein Mandant hat längst zugegeben, mit der Trantow vor dem Undosa gewesen zu sein!« rief er hektisch. »Aber er hat immer bestritten, sie umgebracht zu haben.«

Dieckmann nickte. Er forderte die Kinninger auf, präzise zu sagen, was sie beobachtet habe.

»Ich habe diesen Mann hier gesehen. Den mit der Nummer fünf.« Sie deutete auf das Fenster, hinter dem die Männer standen. »Er war mit der Frau unterwegs. Spazieren oder so.«

»Und?«

»Plötzlich lag die Frau am Boden. Und der Mann ist weggelaufen.«

»Haben Sie gesehen, wie der Mann seiner Begleiterin irgend etwas angetan hat? Und ihr sogar«, dramatische Pause, »ein kleines Päckchen in den Mantel schob?«

»Nicht direkt.«

»Was heißt das, nicht direkt?«

Die Kinninger sah zu Kreuzer hinüber, dann wieder zu Dieckmann, dann sagte sie: »Von ›irgendwas angetan‹ hab ich nichts gesehen, von einem Päckchen auch nicht.«

»Das genügt!« rief Juglandis triumphierend.

»Es ging alles so schnell«, die Kinninger ärgerte sich, daß man versuchte, sie in die Enge zu treiben, »die beiden waren etwa zwanzig oder dreißig Meter von mir entfernt, ich hab das dem Herrn aus Bruck schon so oft erzählt«, sie zeigte mit dem Kinn auf Kreuzer.

»Wie viele Leute waren denn noch unterwegs?« Dieckmann übernahm wieder das Kommando.

»Nicht viele.«

»Geht's etwas genauer?«

Die Kinninger schüttelte den Kopf.

»War es dunkel?«

Hier unterbrach Kreuzer das Gespräch. »Die Kollegen waren um kurz nach neunzehn Uhr vor Ort«, der Zorn in seiner Stimme war unüberhörbar. »Natürlich war es schon dunkel, schließlich haben wir Winterzeit. Aber der Weg zur Gastwirtschaft ist sehr gut ausgeleuchtet.«

»Weiter.«

Die Kinninger begann aufs Neue. »Ich hab die beiden gehen sehen. Sie haben miteinander geredet, irgendwie gefaucht, aber was sie geredet haben, konnte ich natürlich nicht hören. Dann hab ich kurz mal weggeguckt. Und dann lag die Frau auf der Straße. Und der Mann rannte fort, zu den Dampferstegen.«

»Und?«

»Jemand hat die Frau auf die Bank gelegt. Dann ist der Rettungswagen gekommen. Und ich bin weitergegangen. Ich bin ja keine Spannerin.«

Sie hielt inne, sie schien sich zu überlegen, ob sie nicht etwas Wichtiges vergessen hatte. Aber es fiel ihr nichts mehr ein.

Alle blickten auf Dieckmann. Die Männer hinter der Glasscheibe hatte man inzwischen weggeführt. Auch die Kinninger verließ, nachdem sich niemand mehr für sie interessierte, mit einem Achselzucken den kargen Raum.

Kreuzer, dessen Laune sich nach dem Auftritt der Kinninger deutlich gebessert hatte, unterhielt sich leise mit Hofbauer. »Ich hab ja gesagt«, flüsterte er, »auf meine Zeuginnen ist Verlaß.«

»Nur auf fünfzig Prozent deiner Zeuginnen.«

»Immerhin. Aber dein Staatsanwalt mag mich nicht.«

»Wie kommst du denn auf sowas?«

»Weil ich aus der Provinz bin.«

»So ein Schmarrn.«

Dieckmann, der schweigend auf und ab gegangen war, erkundigte sich nach Anita, ein wenig überraschend.

»Frau Mauermann ist zu Hause«, beeilte sich Hofbauer zu antworten. »Wir waren zusammen auf Dienstfahrt rund um den Starnberger See.«

»Der Starnberger See geht uns nichts an.«

»Aber, wir haben ...« Kreuzer, der sich sofort angesprochen fühlte und schon zu einer Erwiderung ansetzte, wurde schroff unterbrochen.

»Schon mal auf der Ilkahöhe gewesen?«

»Natürlich.«

»Ein traumhaftes Fleckchen Erde! Direkter Blick hinunter zum Karpfenwinkel. Die Wittelsbacher haben bekanntlich von dort aus immer ihre Fische bezogen. Wissen Sie«, Dieckmanns Stimme wurde plötzlich weich, »ich hab meine Probleme mit dem See, leider. Ich finde ihn schön, wirklich schön. Aber«, er versuchte, seine Gedanken in den Griff zu bekommen, »ich war als Zwölfjähriger mit meinem Vater mal auf einer Kahnfahrt, nicht weit weg vom Tutzinger Ufer. Tollstes Badewetter, ich weiß es noch wie heute. Ja, und dann ..., dann haben wir einen toten Jungen im Wasser gesehen, ertrunken. Er war genauso alt wie ich, der arme Kerl.«

Dieckmann schob die Hände in die Jackentaschen, zog eine Grimasse, sah die beiden Beamten abwesend an.

»Tja, so war das. Wie dem auch sei, es ist schon lange her. Lassen wir's. Sagen Sie mal«, der Staatsanwalt in ihm gewann wieder die Oberhand, »was machen wir denn jetzt mit Hägele?«

Tagebuch, 3. Januar

Diese Versager! Es kann passieren, was will, sie lassen mich allein. Sie verbreiten die Apokalypse und sehen nicht den, der sie vernichten wird.

Das Wasser ist tief, und ich spüre den Boden nicht mehr unter meinen Füßen. Wer macht ein Ende? Ich fürchte, ich habe nicht den Mut zum Äußersten.

Sein Gift tötet unschuldige Herzen.

Hägele wurde dem Haftrichter vorgeführt. Dieckmann hatte so entschieden, er sagte, er glaube nicht an das Märchen vom großen Unbekannten. Der Pressetext, den er verfaßte, war ein juristisches Glanzstück, was sogar Juglandis zugeben mußte.

Dann zog sich der Staatsanwalt in die Chiemgauer Berge zurück, bis zum kommenden Sonntag, denn es werde unverzüglich anfangen zu schneien, behauptete er. Und Hägele geriet vorübergehend in Vergessenheit.

Der Fall aber ließ dem Kommissar keine Ruhe. Hofbauer spürte mit jedem Tag mehr, daß die Puzzlestücke, die sie zusammengesteckt hatten, nur scheinbar paßten. Und daß sie die Teile, die sie achtlos zur Seite geworfen hatten, alle schon einmal in der Hand gehalten hatten, ohne zu wissen, was sie bedeuteten.

Er setzte sich mit Anita und zwei weiteren Kollegen zusammen, und sie entwarfen eine Website und baten um Hinweise, von überall her, wie auch immer. Ob nicht doch noch irgend jemand etwas beobachtet habe, auf dem Parkplatz in Planegg oder auf dem Weg vor dem Undosa.

Sie fragten: Was bedeutet Salz? Wobei sie sich reichlich komisch vorkamen.

Von der Planegger Polizeistation waren beunruhigende Nachrichten eingetroffen.

Lederer hatte angerufen. Man habe im Würmtal Spritzen gefunden, in ungewöhnlicher Häufung. Auch seien Jugendliche auffällig geworden, die unverhältnismäßig stark betrunken waren und ständig von Hasch und Shit gefaselt hatten.

Eine Mutter habe in der Jeans ihres Sohnes Tabletten entdeckt, in einer Zigarettenhülle verstaut.

»Die Tabletten waren alle mit dem Ginkgoblatt-Stempel versehen«, sagte Lederer.

Am Vormittag des 5. Januars, dem Tag vor dem Fest der Heiligen Drei Könige, fuhren sie zu dem Haus an der Würm, um Rainer Liebig ein weiteres Mal zu befragen.

»Alles hängt mit allem zusammen.« Hofbaues Merksatz Nummer eins sollte sich als richtig erweisen. Allerdings anders, als sie sich vorgestellt hatten.

Der Kommissar parkte den Wagen an der gewohnten Stelle.

Sie stiegen aus. Es war kalt geworden. Kleine, hauchdünne Eisplättchen hatten sich am Ufer der Würm gebildet. Hofbauer dachte an Bastian und an den bisher arbeitslos gebliebenen Eisstock. Aber auch Seibold junior fiel ihm ein und seine ungebetene Wetterprognose.

»Chef!« Anita war schon vorausgegangen.

»Was gibt's?«

»Die Tür ist offen!«

Hofbauer drehte sich um. Er trat näher. Mit dem rechten Fuß stieß er die Tür zur Seite. Nichts rührte sich. Sie gingen ein paar Schritte in den atelierartigen Raum.

Der Tisch war umgeworfen, Zigaretten und Aschenbecher lagen auf dem Boden. Daneben ein paar Bücher, zerbrochene Biergläser, Kugelschreiber. Liebig saß auf einem Lehnstuhl gegenüber des Kamins, blutüberströmt.

Auf seinem Schoß lag ein kleines, unscheinbares Päckchen, in dem sich ein weißes Pulver befand. Und ein zersplittertes, mit rosaroten Fetzen verziertes Handy.

»Was für ein Glück, daß es nicht meines ist«, knurrte Hofbauer.

Die Spezialisten erschienen, breiteten sich in Liebigs Behausung aus. Die Leute von der Spurensicherung kamen, der Kameramann, auch Lederer und Zinner waren da.

Man fand die Tatwaffe schnell. Es war ein schwerer, etwa dreißig Zentimeter langer Eisenbolzen, wie sie für die alten Lastschlitten verwendet wurden, die draußen im Sägewerk verrotteten. Der Bolzen lag unter einem Knäuel Zeitungen, neben dem umgekippten Papierkorb.

»Der Tod ist vor circa zwei Stunden eingetreten«, sagte der Gerichtsmediziner, »etwa um neun.«

»Liebig hat seinen Mörder gekannt«, stellte Hofbauer fest. »Zumindest hat er ihn ins Haus reingelassen.« Er deutete auf das Handy. »Kriegt ihr das wieder hin?«

Ein Mann der Spurensicherung, der aussah wie ein Gelehrter, nickte zuversichtlich. »Wenn der Speicherchip noch in Ordnung ist, kein Problem.«

»Ich verlaß mich auf euch.«

Hofbauer zog sich die Handschuhe über und nahm das Päckchen mit dem weißen Pulver an sich.

»Dieses war der dritte Streich ...«, murmelte Anita.

»... und der vierte folgt nicht! Auf keinen Fall!«

Hofbauers Gesicht war voller Zorn. »Mir reicht's jetzt! Definitiv!«

Sie beobachteten, wie der Gelehrte die Teile des Handys sorgfältig in eine Tüte gab, Stück für Stück. »Rosaroter Stoff«, staunte er. »Sehr exklusiv.«

»Ricarda Trantow!« Hofbauer schlug sich mit Hand an die Stirn. »Es ist das Handy der Trantow!«

Wie automatisch tauchte er den Zeigefinger in die Plastiktüte und probierte mit der Zungenspitze.

»Salz«, sagte er tonlos. »Weißt du, was das bedeutet?«

»Ich ahne es.«

»Hägele ist unschuldig. Wer in U-Haft sitzt, kann keinen Mord begehen. Und keine kleinen Päckchen verteilen.«

»Scheiße!« Anita biß sich auf die Unterlippe. »Tschuldigung, Chef.«

Aber Hofbauer hatte gar nicht zugehört. Er lief mit Riesenschritten auf und ab, in Gedanken versunken. Seine Lippen bewegten sich, als würde er eine Rede halten.

»Ich begreife das nicht. Wer, verdammt nochmal, führt uns hier an der Nase herum?«

Lederer, der bis jetzt etwas abseits gestanden hatte, ging zu Hofbauer hinüber und legte ihm die Hand auf die Schulter.

»Beruhige dich, Peter«, meinte er treuherzig. »Es bringt doch nix, sich derart aufzuregen.«

»Ich will mich aber aufregen. Ich will mich nicht beruhigen. Komm, gehn wir a bisserl raus!«

Er winkte Anita zu sich, und die drei traten ins Freie. Dort setzte der Kommissar seine Bewegungstherapie fort. An der Würm versuchte er, ein paar Steine aufzuheben, aber die Steine waren festgefroren.

Der Mann, der sich des Handys angenommen hatte, stapfte zu ihnen hinüber. Er hatte ein Luftgewehr dabei und einen Schuhkarton. »Das Schießeisen hat dem Burschen nicht viel genutzt.«

»Er hat Eichhörnchen damit gejagt.«

»So ein Saubär!«

Kurze Pause.

»Und das hier sind genau dreitausend Euro.«

Der Mann hielt den Schuhkarton in die Höhe. »Unter einem Stoß Wäsche versteckt. Der Mörder hat die Piepen nicht gefunden, oder er hat nicht danach gesucht. Unser Saubär da drinnen«, er deutete mit dem Daumen hinter sich, »hat gekokst. Das Zeug lag auf dem Fernseher. Der war übrigens nagelneu. Na ja«, er drückte Anita den Karton in die Hände, »sowas soll's geben.«

Er stapfte wieder zu seinen Kollegen zurück, das Gewehr unterm Arm.

Sie betrachteten die Scheine, die aussahen, als ob sie frisch von der Bank abgeholt worden wären.

»Da nicht anzunehmen ist, daß Liebig Geld druckt«, sagte Hofbauer, »hat er höchstens«, er stutzte, »Moment mal, Quatsch!« Er spann den Gedanken weiter. »Vielleicht hat der Mörder ihm ein paar neue Scheinchen ... natürlich, so war's! Der Mörder wurde von Liebig erpreßt. Und die dreitausend Euro und der Fernseher ... sag mal, wieso war Hägele so scharf auf das Handy der Trantow, daß er in ihre Wohnung eingebrochen ist?«

»Weil er sich geniert hat, mit seinem Namen oder seiner Telephonnummer drauf gespeichert zu sein!«

»Dabei war das Handy längst im Besitz von Rainer Liebig.«

»Das hat Hägele aber nicht gewußt.«

Ein Pressephotograph tauchte auf, im Verein mit Bodo Klotz, dem Mann von der Süddeutschen Zeitung.

»Servus, da hab ich euch ja doch aufgespürt!« Klotz lachte fröhlich.

»Dürfen wir hier ein wenig rumspionieren?«

Hofbauer quetschte ein unfreundliches »Meinetwegen« durch die Zähne.

Der Photograph begann mit seiner Arbeit, während Klotz sich mit Notizblock und Kugelschreiber auf die Suche nach redewilligen Interviewpartnern machte.

Die fand er allerdings nicht, weil der Kommissar sofort ein absolutes Schweigegebot erließ und weil er, nach kurzer Zwiesprache mit sich selbst, nur die einsilbigsten Informationen preisgab. Immerhin erfuhr Klotz, wer der Tote war, daß man das Mordwerkzeug gefunden habe, daß man ansonsten aber völlig im Dunkeln tappe.

»Großartig!« sagte Klotz. Und er werde auf alle Fälle einen tollen Bericht und einen Superkommentar schreiben, seine Kommentare seien berühmt.

»Nur zu«, brummte Hofbauer.

Wie von Geisterhand herbeigezaubert, erschien auch der Mitarbeiter des Münchner Merkur, ebenfalls mit Kameramann. Dem toten Rainer Liebig wurde die Ehre zuteil, von allen Seiten photographiert zu werden.

Als der Wirbel vorbei war, wurde Liebigs Leiche abtransportiert. Im schwarzen Wagen, vorbei an einer Schar schwarzer Krähen.

Hofbauer sah sich noch einmal genauestens um. Neugierig betrachtete er den Fernsehapparat. Der Kasten war schon angeschlossen, das zugehörige Videogerät noch verpackt. Bei Liebig war ganz offensichtlich der plötzliche Reichtum ausgebrochen. Allerdings hatte er nicht viel davon gehabt.

Das Kokain hatte man inzwischen sichergestellt. Auch die Schuhschachtel samt Inhalt befand sich auf dem Weg ins Labor. Der Gerichtsmediziner verabschiedete sich, nur die Männer von der Spurensicherung waren noch am Werk.

»Braucht ihr eine kleine Erfrischung? Guten Kamillentee?« Die beiden Beamten in grün standen da, die Thermosflaschen in der Hand.

»Okay. Danke. Nett von euch.« Sie gruppierten sich um den Kamin.

»Ich frag mich nur eins«, der Kommissar trank einen Schluck von Lederers Kamillentee, »wie kommt Liebig an das Handy? War er irgendwann in der Wohnung der Trantow? So wie Hägele?«

Anita überlegte. »Vielleicht. Vielleicht war er erst nach ihm drin? Oder vorher?«

»Tja ...«

»Natürlich war er vor ihm in der Wohnung. Erinnern Sie sich, Chef? Bei unserem letzten Besuch hier hat Liebig gesagt, er sei ungefähr drei Wochen vor dem Mord bei der Trantow gewesen. Wegen, Sie wissen schon, warum.«

Hofbauer nickte.

»Es könnte aber doch durchaus sein, daß er nicht drei Wochen, sondern zwei oder drei Tage vorher bei ihr war. Und bei dieser Gelegenheit hat er das Handy mitgehen lassen.«

Hofbauer gab keine Antwort. Er knurrte Lederer an, sein Tee schmecke irgendwie komisch, dann beugte er sich zu Anita hinüber und gab ihr einen Handkuß. »Du bist super! Hab ich immer schon gewußt.«

Anita, die noch immer die Begabung hatte, charmant rot zu werden, rief lachend, so ein Kompliment täte ihr wirklich gut.

Und Lederer stellte fest, sein Tee habe bis jetzt noch jedem geschmeckt.

»Stimmt's, Zinner?«

Der junge Beamte nickte verwirrt.

»Wenn alles zutrifft, was wir grade besprochen haben«, Hofbauer zog ein erstes Resümee, »dann hat der Mörder Liebigs eine Zeitlang gezahlt, okay. Irgendwann war's ihm zu blöd. Er hat den Erpresser getötet und das Beweisstück zerstört.«

»Wobei er es, zusammen mit dem Salz, sehr wirkungsvoll drapiert hat.«

Lederer gab zu bedenken, daß der Mörder nicht unbedingt über allzu großes technisches Wissen verfügt haben müsse. Er erinnerte an den Speicherchip.

Hofbauer nickte zustimmend.

Aber er war mit seinen Gedanken schon weiter. Wenn Hägele für den Mord nicht in Frage kam, überlegte er, was hatte dann das Salz zu bedeuten?

Er sah zu Anita hinüber. »Wann haben wir die Website ins Netz gestellt?«

»Vor zwei Tagen, Chef.«

»Dann weiß jeder Bescheid.«

»Bestimmt.«

Anitas Miene verriet, daß sie fieberhaft nach den Zusammenhängen suchte. Aber diesmal kam ihr Zinner zuvor.

»Ich hab mir eure Website mal angeschaut. Wenn ich mir das alles so überlege«, der junge Beamte sah abwägend in die Runde, »dann ist Liebigs Mörder, ich hab das zwar noch nie erlebt, aber sowas soll's geben«, er holte tief Luft, »dann ist er ein sogenannter Nachahmungstäter. Was dieses komische Päckchen da betrifft, denk ich mir.«

»Sehr gut!«

Zinner wurde fast ebenso rot wie vorher Anita.

»Liebigs Mörder will uns in die Irre führen«, bestätigte Hofbauer. »Er scheint von Hägeles Verhaftung nichts zu wissen.«

»Aber das kann doch nicht sein!« Anita war überhaupt nicht einverstanden. »Es stand doch riesengroß in jeder Zeitung!«

»Das ist allerdings richtig.« Hofbauer wischte Anitas Einwand unwillig zur Seite. Er erkundigte sich nach der Möglichkeit, noch weitere Zeugen aufzutreiben. Ob jemandem in der Umgebung ein Auto aufgefallen sei oder ein Fahrrad oder dergleichen?

Lederer versprach, sich darum zu kümmern. Aber er machte dem Kommissar wenig Hoffnung. »Die nächste Behausung ist gut fünf Minuten entfernt.«

»Wir haben keine Ahnung von Liebigs Freundes- oder Bekanntenkreis.« Hofbauer zog seine Jacke an, die er über einen der Stühle geworfen hatte.

»Der Bursche war ein einsamer Mensch«, sagte Anita, die noch immer an dem Problem Nachahmungstäter knabberte. »Ich erinnere mich noch gut an seine Sprüche.«

»Aber er hat Partys gefeiert.«

»Allerdings. Ecstasy- und Koksfeten.«

Hofbauers fragender Blick in Richtung der beiden Planegger Beamten hatte nur mäßigen Erfolg. Das Atelier sei, wie gesagt, sehr abgelegen, es sei ihnen leider überhaupt nichts Auffälliges bekannt.

Sie betrachteten noch einmal die Kunstwerke, die Rainer Liebig geschaffen hatte, und die jetzt wohl alle auf dem Sperrmüll landen würden. Die bunten Vierecke, Kreise, Spiralen. Lederer meinte, es sei eigentlich schade darum.

»Und um unseren armen Schluffi«, Anitas Stimme klang betrübt, »ist es ebenfalls schade. Er war eigentlich ein sympathischer Typ.«

»Okay«, nickte Hofbauer. »Aber bevor wir melancholisch werden: Nix wie weg!«

Sie verließen das Atelier, der Kommissar versiegelte die Tür.

»Ab jetzt«, Hofbauer ballte die Fäuste, »lassen wir uns nicht mehr verarschen! Wir bemühen uns jedenfalls.«

E-Mail von Thekla an Bastian.

4u, darling. When shall we two meet again? In thunder, lightning or in rain?

Ich lade dich ein zu einem Trip über den See. Mit den Hexen Shakespeares, zur echt geilen Fahrt nach New Haven. Am Samstag in unserer farbigen Nacht!

Love, Thekla.

Die Heiligen drei Könige zogen durch die Straßen, auf dem Land und in der Stadt, und als sie wieder zu Hause waren, begann es zu schneien.

In der Bildzeitung war ein Artikel über den Mord an der Würm erschienen, niemand wußte, woher die Informationen stammten. Ein Photo Liebigs prangte auf der ersten Seite, er sah darauf aus wie ein High-School-Schüler, brav und mit Pickeln im Gesicht.

Auch seine Mutter hatte man aufgetrieben. Sie lebte in Nürnberg, war dreiundsechzig Jahre alt und hatte, so hieß es, ihrem Sohn tagtäglich das Essen gekocht. Wie dies vor sich gegangen war, über die Entfernung hinweg, stand nicht in dem Bericht.

Der Artikel schloß mit erneuten Warnungen vor dem Weihnachtsmörder sowie den üblichen Mutmaßungen und

Parolen. Und dubiosen Hinweisen auf geheime Drogenszenen da und dort und irgendwo und nirgends.

Hofbauer hockte in seinem Büro, am Morgen des 7. Januar. Der Staatsanwalt war unsichtbar, nur Lichtlein geisterte durch die Flure.

Hier und da klapperte eine Schreibmaschine.

Gegen zehn erschien ein sehr besorgt aussehender Florian Adler. Er war unauffällig gekleidet, im Münchner Freizeitlook, mit ausgebeulter Hose, kariertem Hemd und Strickjacke. Sein gefütterter Anorak strahlte himmelblau. Adler wartete beflissen auf Hofbauers Aufforderung, es sich bequem zu machen. Dann hängte er den Anorak sorgfältig an den einzigen vorhandenen Haken und setzte sich.

»Sind Sie gut ins neue Jahr gekommen?« erkundigte er sich verbindlich.

»Wunderbar«, antwortete Hofbauer.

»Das ist schön.«

Sie sahen aus dem Fenster, beobachteten ausgiebig den Flockenwirbel.

»Ich habe der Süddeutschen entnommen«, Adler startete einen zweiten Anlauf, »daß bei dieser unangenehmen Sache in Planegg, wenn ich das richtig interpretiere ...« Er verlor den Faden. Er kramte in seinem Anorak nach einem Papiertaschentuch, schneuzte sich, und begann, ausgiebig in seinem Ohr herumzupulen.

»Ja, bitte?« fragte Hofbauer.

Der Landtagsabgeordnete schwieg. Nach einer weiteren Minute rückte er schließlich mit seinem Anliegen heraus.

Er komme wegen der, natürlich völlig unsinnigen, Möglichkeit, es könne eine gewisse Verbindung zwischen ihm und Ricarda Trantow hergestellt werden. Er habe sich mit dem Herrn Kommissar ja schon einmal darüber ausgetauscht, damals, am Starnberger See. Das kaputte Handy, man wisse ja, was technisch alles machbar sei, und wenn nun, natürlich total abwegig, trotz allem Gespräche zwischen ihm und Frau Trantow ...«

Er verstummte.

»Wo waren Sie vor zwei Tagen, acht Uhr früh?« fragte Hofbauer unbeeindruckt.

Florian Adler schluckte. Er sei zu Hause bei Frau und Kindern gewesen, Ehrenwort! Ob der Herr Kommissar Photos der Familie sehen wolle? Seine Frau sei die Tochter des Finanzministers.

Der Kommissar verneinte. Er habe die Photos schon einmal betrachtet.

Ach so, aha! Anschließend sei Adler bei einem Frühstück mit dem Finanzausschuß im Mathäserbräu gewesen.

»Dann ist ja alles bestens«, sagte Hofbauer.

»Eben nicht.«

Adler führte aus, wenn einige gewisse Telephonate zwischen ihm und Ricarda, äh, Frau Trantow, betreffend zwei oder drei Besuchen, in ihrer Starnberger Wohnung, an die Öffentlichkeit gelangen würden, dann wäre das große Scheiße, Verzeihung, dann wäre das nicht besonders toll. Für ihn, als Abgeordneten.

Hofbauer fand, er habe den Vertreter des bayerischen Volkes genug zappeln lassen. Deshalb sagte er freundlich: »Sans unbesorgt! Wir lassen nix raus, was nicht rauskommen soll. Ich versprech es Ihnen.«

»Wirklich und wahrhaftig?«

»So wahr ich hier sitze.«

Der Mann in den ausgebeulten Hosen war spürbar erleichtert. Er fragte, ob er den Kommissar mal zu einer privaten Führung durch den Landtag einladen dürfe. Zu einem Gespräch mit den Spitzen der CSU.

Hofbauer lehnte höflich, aber dankend ab.

Adler referierte daraufhin über große und kleine Politik, über die sogenannte Einparteienherrschaft in Bayern, über die Roten, über die Grünen, bis er plötzlich sagte: »Da ist leider noch etwas, Herr Kommissar.«

Hofbauer, der schon verstohlen auf seine Uhr geschaut hatte, runzelte die Stirn. »Schießen Sie los!« sagte er ungeduldig.

Nun ja, meinte Adler, da er jetzt wisse, seine Informationen würden absolut vertraulich behandelt werden, könne er nicht umhin, es falle ihm zwar schwer, darüber zu sprechen, aber er sei ein Mann der Tat, wie übrigens auch Wilhelm Tell aus dem gleichnamigen Schauspiel von Schiller.

»Und?«

Es sei nämlich so, daß dieser Liebig, ihn, Florian Adler, »Sie werden es nicht für möglich halten, Herr Kommissar«, versucht habe zu erpressen. »Das heißt, er hat mich tatsächlich erpreßt. Um tausend Euro.«

»Jetzt schlägt's dreizehn!«

»Das kann man wohl sagen, mit voller Berechtigung.«

Es stellte sich heraus, daß Liebig drei Tage nach dem Mord an Ricarda Trantow, also am 26. Dezember, den Abgeordneten angerufen und ihm gedroht hatte, Adlers Besuche im Starnberger Freudenhaus an die Presse zu geben. Er sei im Besitz erstklassiger Beweise. Der Abgeordnete wolle doch nicht auch noch in einen Mordfall verwickelt werden.

»Das nun wirklich nicht!«

Adler war voller Empörung.

»Ich hab versucht, den Typen hinzuhalten, aber er war stur. Er hat zwar immer so geklungen, als sei er nicht ganz dicht, irgendwie zugeknallt, aber er war kalt wie ein Profi. Da bin ich hin zu ihm und hab gezahlt.«

Der Kommissar konnte über so viel Frechheit nur staunen.

Und Liebig, der gekonnt den dümmlichen Schluffi gespielt hatte, entpuppte sich immer mehr als abgebrühter Erpresser. Der allerdings wiederum so naiv war, die Leute, die er anzapfte, zu sich nach Hause zu bestellen.

Adler beugte sich weit über den Tisch. »Glauben Sie, ich krieg das Geld jemals wieder zurück?«

»Da muß ich Sie enttäuschen«, antwortete Hofbauer. »Liebig ist tot, wie Sie wissen. Leider.«

Mitten in Adlers Kopfschütteln hinein klingelte das Telephon. Kreuzer meldete sich, mit dienstlicher Stimme. Hofbauer ging mit dem Apparat raus auf den Gang.

»Neueste Nachrichten.«

Der Kollege schien am offenen Fenster zu stehen, denn man hörte Autohupen und Bremsen quietschen.

»Drüben in meinem Zimmer sitzt ein Herr Benedikter und beichtet mir grade, er sei mal, ganz aus Versehen, bei der Trantow zu einem Glaserl Sekt gewesen. Und sei von eurem Rainer Liebig um fünfhundert Euro erleichtert worden. Wollt ich dir nur sagen.«

»Bei Florian Adler sind's tausend.«

»Das lob ich mir.« Kreuzer zeigte sich nicht wesentlich beeindruckt.

»Ich bin neugierig, wer noch alles antanzt. Was doch so ein harmloses, kaputtes Handy alles anstellen kann.«

»So harmlos war's auch wieder nicht.«

Kreuzers schadenfrohes Grinsen war förmlich zu spüren.

Es gab eine kleine Pause, er schloß hörbar das Fenster, dann rief er fröhlich: »Starnberg ist ein hocherotisches Pflaster. Meine Rede! Übrigens, die Fahnder vom LKA waren bei mir. Sie wollten wissen, ob bei uns im Fünfseenland in letzter Zeit verstärkt Koks aufgetaucht sei. Scheint irgendwo eine neue Quelle zu sprudeln.«

»Das sagen die Planegger Beamten auch.«

Hofbauer dachte nicht nur an sein Gespräch mit Lederer. In wenigen Sätzen berichtete er von dem Stoff, den sie auf Liebigs Fernseher entdeckt hatten.

Worauf der Freund aus Bruck meinte, sie sollten mal wieder ein Paar Weißwürscht zusammen essen. Mit süßem Senf. Und das mit dem Koks passe genau ins Bild. »Aber wir sind dran am Speck!«

»Wen meinst du jetzt mal wieder mit ›wir‹?«

»Das LKA, dich und mich.«

»Soso.«

»Nur leider sind wir noch nicht nahe genug. Und wie du ja weißt, ich hau ungern daneben.«

»Ich weiß es.«

»Habe die Ehre.«

»Pfiad di.«

Hofbauer ging wieder zu Florian Adler. Der hatte seinen Anorak schon angezogen, er war startbereit.

»Meine Ehre steht auf dem Spiel. Denken Sie immer daran. Und meine Karriere.«

»Es gibt Schicksalsschläge, die hat man selbst verschuldet.«

»Ich bin auch nur ein Mensch.«

»Kaum zu glauben.«

Der Abgeordnete lächelte verstört. Er führte aus, daß ihn der Aktenstaub zuweilen fast umbringe, daß wohl auch der Kommissar täglich sehr viel Unnötiges lesen müsse. Daß er, Adler, jedoch als Politiker die Zukunft gestalte. Und er habe, wie schon erwähnt, von Mann zu Mann gesprochen.

»Zum Schluß noch einmal, lieber Kommissar, wenn ich gefragt werde in der Sache Strandstraße«, er senkte seine Stimme, »ich weiß von nix. Ich kann mich an nix mehr erinnern.«

Hofbauer zog es vor, nicht zu antworten. Sie reichten sich martialisch die Hände, dann rannte Adler treppab.

Kripowebsite »Salz«:

Ihr müßt wissen: München verdankt sein Entstehen dem Salz. Heinrich der Loewe hat eine neue Brücke über die Isar gebaut, vor achthundertfünfzig Jahren. Ihr könnt das überall nachlesen.

Danny.

Meine sehr verehrten Damen und Herren:
1 zu 100.000 ist nicht 1 zu Starnberger See.

Kyffhäuser.

Hofbauer las die Botschaften und vergaß sie sofort wieder. Der Kommissar nahm einen Kugelschreiber und kritzelte den Namen Adlers auf ein Stück Papier. Dann kamen die beiden Seibolds dran, Professor Vogel und der Wiesnwirt. Letzterer weilte, bisher ungefragt und ungestört, beim Königlich Bayerischen Yachtclub. Es folgten Maria Foconi und Ömer Hatil. Ans Ende der Liste schrieb Hofbauer die Namen Cordes, Trantow und Liebig. Und malte je ein Kreuz dazu.

Dann öffnete er die Tagespost. Verspätete Neujahrsgrüße, Amtliches, Wichtiges und Unwichtiges. Ein Brief ohne Absender, adressiert an Herrn Hauptkommissar P. Hofbauer, persönlich. Er öffnete den Brief – und heraus fiel ein getrocknetes, gepreßtes Ginkgoblatt.

»Dieses Baumes Blatt ...«

Vorsichtig schob Hofbauer das Fundstück wieder in sein Couvert zurück. Er rief nach Lichtlein und bat ihn, beide Objekte ins Labor zu bringen. Aber der Kollege meinte, das Labor sei um diese Zeit nicht mehr besetzt. Es sei schließlich Freitag und schon weit nach eins.

Er sprach von einer internationalen Rauschgiftbande, das wisse man ja schon lange, und es sei besser, den gesamten Fall nun endlich ans LKA abzugeben.

»Deine Einfälle sind, wie immer, genial.«

Hofbauer schob das Couvert in eine Schublade und schloß ab. Er gab Lichtlein die Adresse des Wiesnwirts, informierte ihn kurz über die neue Lage und bat ihn, einen Ausflug nach Starnberg zu unternehmen und sich ein wenig mit dem Wiesnwirt über den Fall Cordes/Trantow zu unterhalten.

»Ich bin eigentlich noch in Urlaub«, sagte Lichtlein bissig. »Bis Montag. Kollege Schilcher hat Jourdienst, warum fragst du nicht ihn? Oder jemand anderen?«

»Weil du mein volles Vertrauen hast«, log Hofbauer. »Sei doch froh! Wenn du nach Starnberg fährst, entkommst du dem Ehekrieg noch ein paar Stunden.«

»Ich hab mich mit meiner Frau versöhnt.«

»Warum streunst du dann noch ständig hier herum?«

Nach einigem Wenn und Aber erklärte sich Lichtlein schließlich bereit, den Auftrag zu übernehmen.

»Du bist nicht mein Vorgesetzter«, brummte er, noch immer erbost. »Ich mach das aus reiner Nächstenliebe.«

Hofbauer bedankte sich, innerlich amüsiert, drückte Lichtlein die aktuellen Berichte in die Hand und meinte, er solle aufpassen, die Straßen seien glatt und rutschig. Was der Kollege mit dem Hinweis abtat, er fahre mit der Bahn.

»Okay, sehr vernünftig.«

Erneut klingelte das Telephon.

Es meldete sich ein Mann namens Kraas, er habe die Bildzeitung gelesen und Liebig wiedererkannt. Ob das wichtig sei. Er sitze grade im Café Stachus.

»Woher kennen Sie Liebig?«

»Aus der Strandstraße 98. Ich wohne dort.«

»Ich komm vorbei.«

Hofbauer schob Lichtlein zur Tür hinaus und fuhr mit dem Lift nach unten. Zu Fuß ging er die kurze Strecke zum

Stachusrondell. Im angegebenen Lokal fand er einen etwa fünfzigjährigen Herrn, der ihm erwartungsvoll entgegensah.

»Nehmen Sie doch Platz.«

»Danke.«

Der Kommissar bestellte ein verspätetes Mittagessen, Scampi mit Avocados und dem zur Zeit sehr gefragten Rucolasalat.

Es stellte sich heraus, daß Kraas am vergangenen Abend aus dem Urlaub zurückgekehrt war. Er habe jetzt, am Vormittag, Einkäufe gemacht, Zeitungen gekauft und von dem Mord gelesen.

»Das Komische ist«, sagte er, »daß ich diesen armen Menschen hier, diesen Liebig«, er klopfte mit dem Finger auf das Photo, »gesehen habe. Und zwar am gleichen Tag, an dem ich zum Flugplatz gefahren bin.«

»Wann war denn das?«

Der Rucolasalat kam und Hofbauer nahm sich seiner an.

»Vor über zwei Wochen, am 21. Dezember. Etwa um elf Uhr. Wenn Sie die Tickets prüfen wollen ...«

»Danke. Nicht nötig. Und wo haben Sie Liebig gesehen?«

»Er hat Frau Trantow besucht. Er kam aus ihrem Appartement, er hat so ausgesehen, als habe er kurz vorher den Jackpot geknackt.«

»Sie wissen, was tags darauf mit Frau Trantow passiert ist?«

»Steht alles hier drin.« Erneut klopfte Kraas auf das Millionenblatt.

Anitas Theorie war also durchaus richtig, überlegte der Kommissar. Die Aussage des Herrn Kraas bestätigte sie. Der Mann hatte Liebig ganz offensichtlich unmittelbar nach dem Diebstahl des Handys weggehen sehen.

Hofbauer spießte drei der spärlichen Scampi auf.

Kraas wollte wissen, ob seine Beobachtung wichtig sei oder nicht.

»Sehr wichtig.«

Zufriedenes Kopfnicken. »Die Trantow war hübsch. Eine seltene Blume in unserem Garten. Aber sie war gar nicht beliebt bei den Ehefrauen im Hause, aus verständlichen Gründen.«

»Mich wundert, daß niemand deswegen zur Polizei gegangen ist.«

»Das wundert mich auch. Kann sein«, Kraas lachte spitzbübisch, »daß die Leute ganz froh waren über den Sündenpfuhl, weil sie dann was zu tratschen hatten. Allzuviel passiert ja nicht in unserer Strandstraße.«

»Sans froh!«

Der muntere Herr bedauerte, das Gespräch nicht mehr fortsetzen zu können. Aber seine Frau – sie habe übrigens auch ganz gerne gelästert – warte bei Lodenfrey auf ihn, er müsse sich einen neuen Anzug kaufen. »Und das trau ich mich nicht alleine.«

Er bestand darauf, die Rechnung seines Gastes mitzubezahlen, und wenn die Kripo noch etwas wissen wolle, hier sei seine Visitenkarte. Womit er den Kommissar in einen überraschend kurzweiligen Nachmittag entließ.

Hofbauer ging ohne Umwege wieder in die Ettstraße zurück. Er war seit den letzten Meldungen über das vermehrte Interesse des LKA an der Koks-Connection von einer Unruhe erfaßt worden, die ständig stärker wurde.

Er eilte in sein Büro. Das Faxgerät hatte eine neue Meldung ausgespuckt: Das Salz, das man bei Liebig gefunden hatte, war pures Meersalz. Nicht von Aldi und nicht von Tengelmann. Meersalz, so hieß es, stamme meist aus Spanien, Frankreich oder dem Senegal.

Auch aus der Türkei.

Hofbauer ging nach unten, setzte sich in seinen Wagen und fuhr zum Haarstudio nach Pasing.

Er fand keinen Parkplatz. Es war kurz nach vier Uhr, sechzehnhundert, wie es im Jargon hieß, und die Straßen rund um den Bahnhof waren zu. Er entschloß sich, zum Taxistand rüberzufahren. Dort stellte er sein Auto ab und ging, an verdutzt blickenden Taxlern vorbei, zum Haarstudio.

Der Trubel dort war grotesk. Die Mädchen umsummten ihre Opfer wie die Bienen den Löwenzahn. Es roch nach Spray, Shampoo und Parfum. Nach Schweiß und schlechter Luft.

Mittendrin schwebte Ömer Hatil, griff hier helfend ein, gab dort wichtige Anweisungen, scherzte und schäkerte mit den meist mittelalterlichen Damen, die sich nun schon die vierte oder fünfte brandneue Frisur innerhalb von wenigen Wochen aufs Haupt zaubern ließen.

Als Hatil den Kommissar erblickte, zuckte er zusammen, fing sich aber rasch und begrüßte Hofbauer freundlich und routiniert.

»Prosecco gefällig?«

Ohne auf Antwort zu warten, hielt er zwei gefüllte Gläser in den Händen, von denen er eines dem Kommissar überreichte.

»Ich muß Sie sprechen«, sagte Hofbauer und deponierte sein Glas auf einem Wagen mit allerlei Zerstäubern und Flakons.

»Momentan paßt es leider schlecht!«

Hatil trank seinen Sektkelch leer, ließ sich nachfüllen und trank erneut.

»Sie sehen, es ist proppenvoll, Wochenende, letzte Tankstelle vor der Autobahn.«

Er lachte grell.

»Sie waren ja noch immer nicht beim Haarschneiden!«

Er griff in Hofbauers Frisur, rückte und zupfte sie zurecht.

»Ich habe Ihnen doch schon bei Ihrem letzten Besuch empfohlen, mehr auf Sportlichkeit zu achten. Da kann man viel machen, heutzutage, wenn man begabt ist, so wie ich!«

Hofbauer sagte: »Kommen Sie bitte! Es ist wichtig.«

Hatil nickte, gab ein paar Befehle in Richtung Arbeitsbienen und lief voraus in sein Büro.

»Machen Sie sich's bequem! Was zu trinken?«

»Nein, danke.«

Sie setzten sich einander gegenüber, der Kommissar ernst und verschlossen, Hatil hoch konzentriert.

»Das Geschäft läuft mies«, sagte Hatil. »Natürlich, momentan ist Erntezeit, man könnte es so nennen, aber nur vorübergehend. Nächste Woche ist wieder Superflaute, garantiert.«

»So schlimm wird's wohl nicht werden.«

»Oh doch! Es wird schlimmer denn je.«

Er nahm eine Flasche vom Tisch, goß sich ein weiteres Glas Prosecco ein.

»Ich habe ein Schreiben von einem der Chefs der Modul-Typen erhalten. Wegen der Nachfolge. Was meinen Sie? Soll ich den Laden übernehmen? Die Lage ist im Grunde nicht ganz so schlecht, wie einem davon werden könnte, das hat Laureen immer gesagt, Menschenskind, Laureen ist schon so lange tot!«

Tiefer, langer Schluck.

»Sehr zum Wohle!« sagte Hofbauer.

»Sie denken, ich trinke zu viel?«

Hatil spürte den Spott durchaus.

»Ich leiste Überdurchschnittliches, Herr Kommissar, Sie ahnen das nicht. Ich bin Tag für Tag auf Achse. Bis in die späte Nacht, unermüdlich. Der Kunde ist König bei mir, beziehungsweise die Kundinnen sind es. Durchaus anspruchsvolle Damen, durchaus anspruchsvoll.«

Hofbauer fragte mitten hinein in Hatils Redeschwall: »Wo waren Sie vorgestern, Mittwoch, um neun Uhr?«

»Warum?« fragte Ömer zurück. »Wieso ausgerechnet Mittwoch, neun Uhr?« Und er fuhr fort, ohne ein Sekunde zu zögern, er sei selbstverständlich hier gewesen, im Geschäft, er sei immer schon ab sieben im Laden, er habe das doch eben erzählt. Leider könne er auf Anhieb keine Zeugen nennen für seine Anwesenheit.

Ein neuer, hastiger Schluck, große Augen.

»Wo haben Sie die Nacht auf Mittwoch verbracht?«

»Darauf hab ich gewartet! Auf diese Frage! Aber ich kann es Ihnen sagen, ohne zu lügen.«

Er breitete die Hände aus, ließ sie wieder zurückfallen auf seine Knie. »Ich war bei meiner Sisi. Haben Sie meine Sisi schon mal tanzen gesehen? Nein? Noch nicht? Sollten Sie aber! Abends, in New Haven, da treffen sich alle, die keine Angst haben vor dem grauen Wolf. Da geht's ab, Herr Kommissar, psychedelic, wummwummwumm!«

Ludwig zwo war zugekokst, das war Hofbauer klar. Aber der Bursche hatte sich im Griff, er war überwach, wie ein Windhund vor dem Start. Bemerkenswert. Und typisch.

»Wo haben Sie das Meersalz her? Diese reine, weiße Substanz? Ist es ein Gruß aus der Türkei, Herr Hatil?«

Ömer nahm sein Glas, tauchte den Finger in den Proseccorest und begann den Finger zu drehen, auf dem Rand seines Glases. Ein heller, klingender Ton entstand.

»Kennen Sie das, Herr Kommissar?«

»Und ob.«

Die Erinnerung an den Ausflug zum Starnberger See paßte nach wie vor in Hofbauers Puzzlespiel.

»Ich weiß nicht, wovon Sie reden«, sagte Hatil. »Ich habe keinen Dunst von irgendeinem Mittwoch, neun Uhr früh, und von einem Salz, das aus der Türkei stammen soll. Ich bin Hair-Designer, Herr Kommissar, und wenn Sie mich fragen, dann ist Ihre Frisur abscheulich!«

Er schüttete den Proseccorest auf den Boden, goß sich neu ein, hielt das volle Glas gegen das Licht.

»Sie haben doch sicher einen passenden Vers auf Lager, was den Wein betrifft, Herr Kommissar. Sie sind Deutscher, und deutsche Menschen singen ständig Verse auf den Wein. Ich sage nur: Johann Wolfgang von Goethe, so heißt er doch, euer großer Poet!«

»Es gibt noch ein paar andere.«

»Möglich, Herr Kommissar.«

»Hat Liebig Sie erpreßt? Mit dem Handy der Trantow?«

Hatil war nicht im geringsten überrascht. Er griff auch nicht wieder zum Glas, wie Hofbauer erwartet hatte, er saß nur da, und Hofbauer konnte deutlich sehen, wie es im Kopf Hatils zu arbeiten begann.

»Ich bin genau im Bilde über das, was Sie von mir wollen, Herr Kommissar. Was Sie sich, Moment mal, zusammenspinnen.«

Das Lächeln, das er fabrizierte, war freundlich und kalt zugleich.

»Fragen Sie Signora Foconi. Oder fragen Sie Katja, genau, fragen Sie meine Mitarbeiterin Katja, sie war an dem Tag, von dem Sie reden, schon ab sieben Uhr hier im Salon. So wie ich auch.«

Er verschränkte die Arme.

»Ich habe alles genau bedacht, Herr Kommissar. Ich weiß, daß Sie seit Wochen vergeblich«, er breitete die Arme aus und verschränkte sie wieder, »eine Handvoll Mörder suchen. Ich kann nämlich Zeitung lesen, Sie werden es nicht für möglich halten, Herr Kommissar!«

Die Scheren klapperten, Gesprächsfetzen drangen in den kleinen, schlecht gelüfteten Raum, durch das Fenster konnte man erkennen, daß es dunkel wurde. Hatil nahm nun doch den vollen Sektkelch und leerte ihn in einem Zuge.

»Kommen Sie am Montagvormittag zu mir aufs Präsidium, Herr Hatil!«

Hofbauer erhob sich langsam, fast im Zeitlupentempo.

»Wir werden Ihre Fingerabdrücke nehmen und einen DNA-Test machen. Und lassen Sie sich ja nicht einfallen zu verschwinden!«

»Aber wieso denn Herr Kommissar? Wir haben am Montag geschlossen, ausnahmsweise, Herr Kommissar, da paßt das ja wunderbar.«

Hofbauer wandte sich zum Gehen. »Um so besser. Bemühen Sie sich nicht! Kleiner Tip am Rande: Denken Sie an Ihre Leber.«

Aber Hatil war schon wieder beschäftigt.

Hofbauer ging rüber zum Bahnhof, stieg ins Auto, umringt von recht unwillig dreinschauenden Taxifahrern.

»Warte nur, Bursche! Ich krieg dich noch!« Er wußte nicht, wie schnell Ömer Hatil wieder vor ihm sitzen würde.

Kripo-Website »Salz«:

Ein hölzernes Faß diente zum Pökeln von Fleisch. Pökeln ist eine althergebrachte Form der Konservierung mit Kochsalz. Das Salz entzieht dem Fleisch Wasser, verhindert so das Wachstum von unerwünschten Mikroorganismen.

Sepp.

Wie ist der Stand der Dinge? Wissen Sie, daß Sie nichts wissen können? Sie schweben durch das Tal der Ahnungslosen!

Kyffhäuser.

Lichtlein ging mit dem Wiesnwirt durch die Bootswerft am Starnberger See, die Aktenmappe unterm Arm, einen hechelnden Dackel an der Leine. Der Wiesnwirt, der auf den Namen Huber hörte, versuchte seinerseits, ein zweites keuchendes Ungetüm zu bändigen. Die beiden Dackel, so hatte Lichtlein von ihrem Besitzer erfahren, waren Mutter und Tochter, als Einzelwesen lieb und nett, an der Leine jedoch zickig und unberechenbar.

Was Lichtlein außerdem noch herausgefunden hatte, war die Tatsache, daß der Wiesnwirt nur so aussah wie ein Vertreter seiner Zunft: Rundes Gesicht, spitz auslaufender Schnurrbart, listige Äuglein, Trachtenhut mit Gamsbart auf dem Kopf. In Wirklichkeit war er Rentner, verwitwet, ehemals Briefmarkenhändler in der Landeshauptstadt.

Der gute Mann war nur bedingt gesprächig, sein Leib- und Magensatz lautete: »Da is mir nix bekannt.«

Von den Ludwigsfreunden wußte er ausschließlich Gutes zu berichten. Alles seriöse Herrschaften, bodenständig, heimatverbunden, aber trotzdem, oder gerade deshalb, vielseitig interessiert.

Lichtlein, der die Akten während der Bahnfahrt sorgfältig studiert hatte, fragte nach Hägele. Ob Hägele, Hubers Beurteilung nach, zu Recht in U-Haft sitze? Ob er Herrn Hägele einen Mord zutraue?

Huber zog entrüstet an der Leine seines Dackels. »Ein Justizirrtum! Klassisch! Wenn ich die Zeitung anschau, wird mir sowieso ganz schlecht!«

Und die Trantow? Die Story mit dem gestohlenen Handy? Ob es da nicht eventuell Zusammenhänge gebe?

»Da is mir nix bekannt.«

Sie stiegen über die hölzerne Brücke, die die Bootswerft vom See trennte.

»Hier fließt die Würm aus dem Würmsee«, erklärte Huber.

Lichtlein gab zu Verstehen, er sei nicht zum ersten Male hier. Er fror erbärmlich, weil seine Jacke sich als viel zu dünn erwies. Und weil es rund um das Wasser um ein paar Grad kälter zu sein schien als anderswo.

Sie hoben die Dackel hoch, »wegen der krummen Haxen«, setzten sie nach erfolgreicher Überquerung wieder auf den Boden. Schweigend wanderten sie am dünn mit Schnee bedeckten Ufer entlang.

»Es gibt Leute«, Huber blieb stehen, »die sagen, der Kini is daschossen worn!« Er berichtete, plötzlich redselig, vom Mantel Ludwigs, den eine verrückte Adelige angeblich gesehen habe, mit Löchern drin.

Er schüttelte den Kopf, kam auf die Filme mit Romy Schneider zu sprechen, und daß die Kaiserin in Wirklichkeit ganz anders gewesen sei, als auf der Leinwand dargestellt. Deswegen seien die Ludwigsfreunde ja da. Um die Wahrheit herauszufinden. Und die falschen Bilder zurechtzurükken. Und Hatil und Maria Foconi seien ein internationales bayerisches Paar.

Lichtlein bat, wieder umkehren zu dürfen.

»Meinetwegen.«

Sie wanderten zurück, überquerten die Brücke ein zweites Mal. Als sie dem Yachtclub schon ganz nahe waren, sagte Huber: »Ham Sie schon amal was von Ecstasy ghört?«

»Aber ja! Selbstverständlich.«

Huber dachte lange nach, beruhigte seine Dackel, die nicht daran dachten, müde zu werden.

»Kennen Sie auch diese komischen Ginkgo-Muster?« Er sah jetzt überhaupt nicht mehr nach Wiesnwirt aus, sondern schlicht nach einem alten Mann, der sich Sorgen machte.

Lichtlein wurde stutzig. Schnell sagte er, jaja, er kenne diese Muster durchaus, was es denn damit auf sich habe?

Der Mann mit dem Gamsbart auf dem Hut sagte, sein Enkel Hubert komme neuerdings nachts nicht mehr nach Hause. Besonders an den Wochenenden, und die Mutter des Jungen habe diese Tabletten entdeckt, mit besagtem Muster. Wie er, der Opa, sich jetzt verhalten solle?

»Zunächst einmal: Ruhe bewahren«, antwortete Lichtlein. Was seinem Begleiter überhaupt nicht gefiel.

»Haben Sie irgendeinen Verdacht?« fragte Lichtlein deshalb schnell. »Woher das Zeug kommt? Sie kennen sich doch aus in der Gegend.«

Huber druckste herum, beugte sich hinunter zu den Hunden, richtete sich wieder auf, mit rotem Kopf. Mit einem zornigen »Da is mir nix bekannt!« verfiel er wieder in sein altes Schema. Und er habe gehofft, der Kripomensch könne ihm helfen.

Die Dackel, die Huber von der Leine gelassen hatte, beschäftigten sich damit, Enten und Bläßhühner ins Wasser zu scheuchen. Sie fraßen altes, herumliegendes Brot, was Huber dazu veranlaßte, laut und derb über die Trottel zu schimpfen, die nicht aufhören konnten, ihre Abfälle auszustreuen.

»Dabei steht überall groß und breit: ›Füttern der Wasservögel verboten!‹.«. Er nahm seine Hunde wieder an die Leine.

»Der Bub geht ins Gymnasium«, Hubers Stimme klang traurig. »Er kennt mich nicht mehr. Er kennt auch seine Eltern nimmer. Wissens schon, Computer und Drogen, des is der Untergang für die jungen Leut, heutzutag!«

»Ja, nun, Herr Huber, da müssen Sie ...«

Lichtlein, der auf soviel Verzagtheit nicht vorbereitet war, geriet unversehens ins Faseln. Er war sich dessen voll bewußt, also versuchte er, wenigstens halbwegs konkrete Ratschläge zu erteilen. Er sagte, Huber müsse ihm alles erzählen, was er wisse. Auch der kleinste Hinweis sei nützlich. Er dürfe nichts verheimlichen.

»Blablabla!« knurrte Huber verächtlich.

Was Lichtlein sichtlich kränkte. Er erklärte, so komme man nicht weiter. Er werde sich Notizen machen, selbstverständlich, und er werde das LKA einschalten, das sei sowieso schon mit der Sache befaßt. Und Huber solle ihn anrufen. Oder zur Kripo Fürstenfeldbruck gehen, wenn ihm noch etwas einfalle.

Keine Antwort.

Lichtlein wünschte einen guten Tag, versuchte die Dakkel zu streicheln, was leider mißlang, weil der Mann mit dem Gamsbart sich abrupt abgewandt hatte.

»Wissen Sie, wann der nächste Zug nach München geht?« versuchte Lichtlein noch zu retten, was zu retten war.

Aber Huber murmelte nur, da sei ihm nichts bekannt.

Frierend rannte Lichtlein zum Bahnhof.

Zwei Tage später, am Sonntagnachmittag, fünfzehn Uhr vierunddreißig, wurde Ömer Hatil auf der A 95 an der Tankstelle Wolfratshausen von der Polizei festgenommen.

Es war eine Routinekontrolle, bei der den Beamten des Landeskriminalamts das merkwürdig überwache und doch auch wieder nervöse Verhalten des Fahrers aufgefallen war.

Ihr Gespür sollte sie nicht täuschen. Nachdem sie die Stoßstange des Wagens abmontiert hatten, wurden die Fahnder mit Hilfe von Rauschgifthunden fündig. Unterhalb des Kofferraums waren sechs mit Klebeband umwickelte Pakete Kokain versteckt.

Ömer Hatil wurde in die Ettstraße gebracht.

Dieckmann persönlich führte das Verhör. Das normale Leben, nach höchst unterschiedlich verbrachten Urlaubswochen, hatte ihn und die Beamten der Soko Salz wieder voll im Griff.

Sie standen in dem kahlen Verhörraum, Hofbauer, Lichtlein und Kreuzer, dazu ein Mann vom LKA. Und Anita, die mit ihrer freundlichen Weiblichkeit die düstere Szene ein wenig erträglicher machte.

Es war ein Montagmorgen, der nicht unbedingt zur Routine gehörte. Schon allein wegen der nicht eben kleinen Menge Rauschgift, um die es sich handelte.

Der Mann vom LKA sprach als erster. Er hieß Leineweber, was mehr nach Tarnung klang als nach echtem Namen.

Leineweber erstattete Bericht, in nüchternen, aber treffenden Worten. Man habe das Kokain noch nicht auf Verunreinigungen geprüft, sagte er, es handele sich aber um einen geschätzten Schwarzmarktwert von mindestens zwei Millionen Euro. Der Fahrer habe bei seiner Festnahme keinen Widerstand geleistet.

Dann gab Hatil, nachdem er zwei volle Glas Wasser ausgetrunken hatte, eine abenteuerliche Geschichte zum Besten.

Er sei in der Nacht von Samstag auf Sonntag nach Neapel gefahren, um dort die Schwester seiner Freundin Maria Foconi zu besuchen. In Neapel habe er von Unbekannten dreitausend Euro erhalten. Die Unbekannten hätten ihn gebeten, Kurierdienste zu leisten und die Ware am Münchner Hauptbahnhof abzugeben. Wem, das wisse er leider nicht mehr. Natürlich sei auch ihm das Ganze seltsam vorgekommen, aber er habe das Geld gut brauchen können. Da habe er nicht lange gefragt.

Dieckmann, der miserabel gelaunt war, sparte nicht mit sarkastischen Bemerkungen. »Große Oper« und »Tausendundeine Nacht« waren noch die harmlosesten Kommentare.

Aber Hatil blieb bei seiner Version. So sei es gewesen, so und nicht anders. Er wirkte konzentriert, aber nach Hofbauers Einschätzung längst nicht mehr so wachsam wie noch zwei Tage vorher.

»Das Kokain interessiert mich im Augenblick überhaupt nicht«, sagte Hofbauer, als der Staatsanwalt eine Pause einlegte. »Mich interessiert der Mord an Rainer Liebig. Ihre Fingerabdrücke, Herr Hatil, stimmen mit denen auf der Mordwaffe überein. Es ist Zeit für ein Geständnis, meinen Sie nicht auch?«

Kleine Schweißperlen bildeten sich auf Ömers Stirn, was darauf hindeutete, daß er den Entzug, unter dem er stand, allmählich zu spüren begann.

»Ich habe null Kohle, Herr Kommissar. Ich weiß nicht, ob Ihnen klar ist, was das bedeutet.«

»Aber Sie haben doch neulich erst noch von Erntezeit gesprochen. Die Kasse dürfte also voll gewesen sein, jeden Abend.«

Was Hatil mit einem großen Schweigen bedachte.

Als Kreuzer sich einmischte und anfing, vom Fall Cordes/Trantow zu reden, nahm das Verhör eine überraschende Wende. Hatil schlug einen Handel vor. Er sagte, mit dem Tod der beiden Frauen habe er nichts zu tun. Restlos und definitiv nichts.

Aber wenn die Polizei ihm verspreche, der Signora Foconi kein Wort von einer gewissen Angelegenheit zu verraten, würde er alles zugeben, was mit Rainer Liebig zu tun habe, alles! »Meine Ehre steht auf dem Spiel.«

Hofbauer erinnerte sich, diesen Spruch schon einmal gehört zu haben. Nämlich von Florian Adler.

Dieckmann erklärte schroff, er lasse grundsätzlich nicht mit sich handeln. Man sei schließlich nicht am Bosporus.

Was Hatil mit einem türkischen Fluch beantwortete, den niemand zu übersetzen brauchte. Als er ein drittes Glas Wasser hinuntergestürzt hatte, legte er ein Geständnis ab.

Voller Emotionen, nahezu ungebremst durch das Kokain, das er immer noch im Blut hatte.

Liebig, rief er, habe das Handy der Trantow gestohlen. »Irgendwie und irgendwann!« Das sei der Ursprung allen Übels gewesen.

Die Beamten sahen sich wortlos an.

»Der Mistkerl hat mir ein Tonband geschickt. Mit einem Gespräch zwischen mir und der Trantow drauf. In diesem Gespräch hab ich sie gefragt, ob sie's französisch mit mir macht.«

Die Tropfen auf Hatils Stirn wurden größer.

»Meine Freundin ist Italienerin, Mensch! Sie schmeißt mich raus, wenn sie das checkt! Ich liebe sie.«

»Sieh mal an.«

»Einer von euch muß ihr sagen, wo ich bin! Sie meint sonst, ich bin tot, weißt du?«

Er war das erste und einzige Mal überhaupt, das Hatil in den deutsch-türkischen Slang verfiel.

Hatil begann wie wild an seiner Unterlippe zu kauen. »Ich hab dem Wixer die Tageskassen gebracht. Dreimal, viermal. Irre viel Kohle. Er hat nur gelacht.«

»Und?«

»Da hab ich mir gedacht, jetzt muß Schluß sein. Ich bin hin und hab ihm eins draufgegeben. Und das Handy hab ich vernichtet.«

Er kauerte auf seinem Stuhl, wie ein Häufchen Elend.

»Ich hab mir einen irren Scheiß zusammengekifft, zu Hause, geb ich voll zu. Ich hab Meersalz in eine Tüte geschüttet, aus Ibiza, ich war nämlich mal auf Ibiza, müßt ihr wissen. Da gibt es Salinen, ich weiß nicht, ob ihr die kennt. Und das Salz von diesen Salinen hab ich in die Tüte gestreut. Man sollte merken, daß es Meersalz ist. Keins vom Aldi.«

Er sagte, er habe das so gemacht, weil er das irgendwie cool gefunden habe, diesen Trick mit dem Salz. Und in seinem Wahn habe er eben das Meersalz genommen. Um sich von den beiden anderen Verbrechen zu unterscheiden. Er sei nämlich ein Ehrenmann.

»Das ist vorsätzlicher Mord«, sagte Dieckmann, »einwandfrei!«

»Könnt ich jetzt irgendwie nen Schuß haben«, jammerte Hatil, ohne auf den Staatsanwalt zu achten. »Ich werd sonst wahnsinnig!«

Man brachte ihn in seine Zelle zurück. Nachdem sich die Anspannung gelöst hatte, erklärte LKA-Mann Leineweber, sowas habe er noch nie gehört. Und er bewerte es als hohes Verdienst seiner Behörde, diesen kaltblütigen Mörder und Rauschgiftdealer festgenommen zu haben.

Er sei ihnen von Anfang an verdächtig vorgekommen. »Wenn wir auch noch nicht wissen, wer letztendlich der Adressat des Kokains sein sollte.« Aber um das herauszufinden, habe man ja tüchtige Kollegen bei der Kripo. Und bei der Landpolizei.

Dieckmann, dem die selbstzufriedene Art des Mannes auf die Nerven ging, erinnerte an Hägele. Der Bursche sei ein Fressen nicht nur für ihn, sondern für jeden anderen Staatsanwalt auch.

»Der Fall Cordes/Trantow ist gelöst!« rief er. »Der Fall Liebig ebenfalls. Was wollen wir mehr?«

Hofbauer zögerte.

Ein schneller Blick zu Kreuzer, und er nickte heftig mit dem Kopf.

»Sie haben recht, Herr Staatsanwalt! Wir können zufrieden sein.«

Aber Anita, die den Blickwechsel nicht mitbekommen hatte, funkte dazwischen. Sie sagte, solange die Koksmafia ungestört arbeite, sei für sie die Angelegenheit nicht erledigt.

»Hatil weiß mehr, als er zugegeben hat. Das ist doch Quatsch, diese Sache mit den dreitausend Euro. Wo sind die eigentlich? Warum haben wir da nicht nachgehakt?«

»Stimmt«, sagte Dieckmann.

Und Leineweber rief anerkennend: »Alle Achtung, kleine Frau.«

Was ihm einen vernichtenden Zornesblitz aus Anitas Augen eintrug, den er durchaus mitbekam, der ihn aber nicht weiter störte. Im Gegenteil, er legte noch einmal seine Geistesgegenwart dar, Hatil aus dem Verkehr gezogen zu haben. An der Tankstelle. Auf der Autobahn. Rein aus Erfahrung.

»Bravo, großer, dicker Kollege!« Anitas Retourkutsche war vorprogrammiert.

Der LKA-Mann verbeugte sich. »Du gefällst mir!«

»Du mir nicht!«

Worauf Dieckmann feststellte, die momentane Atmosphäre sei wohl etwas überhitzt. Er sei übrigens derselben Meinung wie Frau Mauermann. »Die Koksmafia macht auch mir arges Kopfzerbrechen, das können Sie mir glauben!«

Hofbauer nickte. Er wandte sich an Lichtlein. »Hast du den Brief mit dem Ginkgo-Blatt weggebracht?«

»Nein.«

»Dann mach das doch bitte, aber heute noch.«

»Ich war in Starnberg. Da muß ich sowieso noch drüber berichten. Ihr werdet staunen!«

Der Staatsanwalt sah zur Uhr.

»Meine Dame, meine Herren! Die schönen Zeiten in Aranjuez sind zu Ende!« Und er fügte prosaisch hinzu: »Gas geben, Leute!«

Hofbauer sagte: »Okay. Frage Nummer eins: Wer ist der Adressat des Kokains?«

»Wir sollten endlich aufhören, mittelmäßig zu sein«, antwortete Kreuzer.

Kripowebsite »Salz«:

Mit der Salzlecke hat Ernest Hemingway Kudus vor seine Flinte gelockt. Nachzulesen in »Tod am Kilimandscharo«.
Literatus.

Sie stochern ja noch immer mit der Stange im Nebel herum! So viel Dummheit darf doch nicht sein! Haben Sie schon mal dran gedacht, ganz neue Wege zu gehen?
Kyffhäuser.

Das Tote Meer ist das Tote Meer ist das Tote Meer. Es hat einen Salzgehalt von dreißig Prozent.
Charly.

Salzstraßen sind alte Verkehrsstraßen, die dem Salztransport in die Verbrauchsgebiete dienten. Schon im fünften Jahrhundert vor Christus verbanden Salzstraßen die Hallstätter Vorkommen mit der Adria, dem Schwarzen Meer, der Nordsee und Frankreich.
Lexikon.

Wer schwitzt, baut ab. Er verbraucht Mineralien und Spurenelemente.
Glückskind-Apotheke, München.

Im Salzkammergut, da kamma gut lustig sein!
Wolferl.

Nach einer Stunde hitziger Diskussionen, nach Lichtleins Rapport aus Starnberg und nach mehreren Telephonaten mit der Polizeistation Planegg, verfaßten sie die Presseberichte, ganz im Sinne des Staatsanwalts Dieckmann. Dabei wußten sie, daß sie womöglich erst am Anfang standen.

Hofbauer fuhr zur Foconi, Nymphenburger Straße 12. Dort fand er wieder einmal keinen Parkplatz. Nach langem Suchen stellte er, mit schlechtem Gewissen, sein Auto an einer sehr ungünstigen Stelle ab. Er ging zu dem Haus, drückte auf den Klingelknopf.

»Wer ist da?«

»Hofbauer, Kripo München.«

Er glitt mit dem Lift in den achten Stock, läutete ein zweites Mal.

Die Foconi öffnete. Sie trug eine enganliegende Hose, dazu ein frivol schwingendes Oberteil aus Seide. Und wie beim ersten Besuch hatte sie einen Kaugummi im Mund.

Ohne Hofbauer zu Wort kommen zu lassen, rief sie: »Wo ist Ömer? Was habt ihr mit ihm gemacht?«

»Wie kommen Sie zu dieser Frage?«

»Man hat ihn geschnappt, ich weiß es! Wo ist er?«

»Meinen Sie nicht, wir sollten uns zunächst einmal setzen?«

Sie rannte voraus, in das Zimmer mit dem Gemälde des rauchenden Vesuvs.

»Darf ich?« Hofbauer deutete auf einen Stuhl.

»Entschuldigung, natürlich, bitte.«

Er nahm Platz, die Foconi blieb stehen.

Der Kommissar erstattete Bericht ohne allzu große Rücksichtnahme. Dabei beobachtete er die Foconi genau, registrierte ihr anfängliches Erstaunen, das schnell in ungläubiges Entsetzen überging. Als er fertig war, sagte die Foconi nur: »Warum?«

»Wie meinen Sie das?«

»Warum hat Herr Hatil diesen Typen umgebracht?«

Hofbauer erinnerte sich an den Handel, den Hatil vorgeschlagen hatte. Er betrachtete die Foconi, die ahnungslos vor ihm stand. Und er dachte an den dämlichen Schluffi, der den Erpresser spielen wollte.

»Gewisse Telephonate auf dem Handy der Trantow, haben Herrn Hatil veranlaßt, ach was!«

Er hatte keine Lust mehr, um den heißen Brei herumzureden.

»Sie werden's erfahren!« sagte er grob. »Bei der Gerichtsverhandlung.«

»Ömer ist unschuldig«, hauchte die Signora.

Sie erzählte mit hunderttausend Worten, wie glücklich sie mit Ömer gewesen war. Sie sprach von den Festen der Ludwigsfreunde auf der Roseninsel. Von den gemeinsamen Abenden mit Ömer, hier, in ihrem Appartement. Daß sie an Silvester miteinander getanzt hätten, und um Mitternacht hätten sie sich eine Flasche Sekt aus dem Kühlschrank geholt.

»Die haben wir dann zusammen getrunken. Obwohl wir normalerweise nur ganz wenig Alkohol, wie sagen Sie hier, zu uns nehmen, so heißt das, jawohl, zu uns nehmen.«

Hofbauer betrachtete den Vesuv, der teilnahmslos vor sich hin rauchte.

»Woher haben Sie das Ecstasy? Wie kommt Herr Hatil zu der Riesenmenge Kokain?«

»Meistens trinken wir nur Saft, Orangensaft. Man muß ja viel trinken, sagt der Doktor.«

»Wer steckt hinter dieser Koksmafia?«

»Ich mach Ihnen einen Cappuccino, Commissario, bin gleich wieder da!«

Die Signora hatte beschlossen, Hofbauers Fragen gar nicht wahrzunehmen. Sie verschwand in der Küche, er hörte sie hantieren, hörte das vertraute Zischen der Maschine, dann erschien sie wieder.

Sie strich sich eine Locke aus der Stirn.

»Ich weiß von Ömers Besuchen bei der Trantow. Ich weiß alles ganz genau.«

Sie sagte es scheinbar ohne jegliche Emotion. Nur ihre Lippen verrieten ihre Anspannung.

»Er ist ein großer türkischer Wesir, ein Pascha, ich hab das im Lexikon nachgeguckt, dieses Wort. Pascha, so hab ich ihn immer genannt.«

Sie sah sehr hilflos aus, wie sie da stand, verzweifelt, neben dem übergroßen Vesuv.

Bevor Hofbauer antworten konnte, verschwand sie aufs Neue, kam zurück, mit zwei gefüllten Tassen auf einem Tablett. Sie stellte das Tablett auf den Tisch, verteilte die Tassen. Sie zitterte.

Hofbauer betrachtete das kleine Muster, das die Foconi aus dem Schaum gezaubert hatte. Es war ein Ginkgo-Blatt.

Sie saß ihm gegenüber, plötzlich gar nicht mehr hübsch, sondern nur noch verzweifelt.

»Irgendwann muß Schluß sein«, flüsterte sie. »Ich kann das nicht mehr ertragen!«

»Was können Sie nicht mehr ertragen, Frau Foconi?«

»Alle sind nett zueinander. Alle lieben sich. Und trotzdem bringen sie sich um.«

Hofbauer warf zwei Stück Zucker in den Schaum, zerstörte das Ginkgo-Blatt, mit gerunzelter Stirn.

»Was wissen Sie über die Herkunft des Kokains, Frau Foconi?«

»Er macht uns alle kaputt.«

»Wer?«

Die Foconi sah durch ihn hindurch, mit großen Augen, wie Hofbauer sie schon bei Hatil gesehen hatte.

Er wartete, darauf, daß die Synapsen in seinem Gehirn sich endlich kurzschließen würden, um ihm eine klare Antwort zu geben. Wenn schon die Foconi sich weigerte zu reagieren. Aber nichts dergleichen geschah.

»Wer macht Sie kaputt?« wiederholte er seine Frage.

Aber es war alles umsonst.

Die Signora begann zwischen Küche und Wohnzimmer hin- und herzueilen, sie trug einen Teller Kekse herbei und stellte den Teller wieder fort. Sie blätterte in irgendwelchen Büchern und berichtete zwischendurch, ihr Studium nehme sie über alle Maßen in Anspruch.

»Nächste Woche geht es weiter! Vorlesungen, Scheine, Praktika. Sagen Sie, Herr Kommissar, wann kann ich Ömer besuchen?«

»Wir werden sehen.«

»Sein Haarstudio geht pleite, wenn er nicht da ist.«

»Möglich! Könnte es nicht sein, Signora«, Hofbauer versuchte es noch einmal, »daß Ihr Geburtsort Neapel etwas mit Herrn Hatils nächtlicher Fahrt dorthin zu tun hat?«

»Ich bin in Rom geboren«, war die überraschende Antwort.

Dann sprach sie nur noch vom Haarstudio, von den Mädchen, die ihr angeblich so leid täten. Um die sie sich kümmern müsse. Sie besitze nicht einmal den Schlüssel zu dem Studio, jemand müsse doch den Schlüssel haben, was sie denn jetzt machen solle?

Hofbauer zuckte mit den Schultern.

»Ich rate Ihnen dringend«, er wußte, daß es sinnlos war, »sich noch einmal bei mir zu melden. Es ist Ihre Pflicht, meine Fragen zu beantworten. Sie sind in einen Mordfall verwickelt.«

»Und Sie sind nicht der accusatore. Ich bin nicht vor Gericht.«

Hofbauer hatte diese beiden Sätze bei seinem ersten Besuch schon dämlich gefunden.

»Okay. Ich bin nicht Ihr accusatore. Bis sehr bald mal. Übrigens, was sollte das Ginkgo-Blatt auf meinem Cappuccino bedeuten?«

»Es dient zur Verzierung, Herr Kommissar. Hübsch, nicht wahr?«

»Sehr hübsch.«

»Kommen Sie gut nach Hause.«

Kripowebsite »Salz«:

Kältemischungen aus Salz und Wasser senken die Temperaturen auf bis zu minus zwanzig Grad Celsius. Seit dem sechzehnten Jahrhundert stellte man auf diese Weise Speisesalz her.

Robby.

Ihr habt ja immer noch keine Ahnung! Perfekt! Kleine, weiße Kügelchen, mit denen man jonglieren kann!

Kyffhäuser.

Salt Lake City ist die Hauptstadt des USA-Staates Utah, in den Kordilleren zu Füßen der Wasatch Range, dem Zentrum der Mormonen. Industrie, Großschlächtereien, Salzgewinnung.

Marisa.

Das LKA hatte den Speicherchip des Trantow-Handys entziffert und die Telephonate aufgelistet. Leineweber saß in Hofbauers Büro, die Berichte in der Hand. »Vorsprung durch Technik«, sagte der Mann vom LKA, mit seinem immer etwas überheblichen Gehabe.

Hofbauer, der eben zur Tür hereingekommen war, nickte. Er setzte sich und begann zu lesen.

Die Trantow hatte, unter anderem, mit allen ihnen bekannten Größen der Ludwigsfreunde Kontakt gehabt:

Mit Professor Vogel, der tatsächlich nur ein väterlicher Freund gewesen war.

Mit Florian Adler, der zwei Termine mit ihr vereinbart hatte, am 12. und am 18. Dezember.

Die Frage war nur, wie Hofbauer grinsend feststellte, ob der Abgeordnete des Landtags und Schwiegersohn des Finanzministers sich im Zweifelsfalle auch tatsächlich an die Telephonate und Besuche erinnert hätte.

Ömer Hatils Einflüsterungen waren, selbst für ausgekochte Polizisten, kaum erträglich. Hofbauer konnte sich gut vorstellen, wie Maria Foconi reagiert hätte, wäre sie in Besitz des Liebigschen Tonbands gekommen. Obwohl sie, wie sie gesagt hatte, von Hatils Pascha-Allüren wußte.

Es folgten der Wiesnwirt, Herr Benedikter aus Starnberg, sowie eine ganze Reihe anderer männlicher Wesen, die Hofbauer und Leineweber aber nicht kannten.

Wen sie jedoch kannten, waren Linda Cordes und Maria Foconi.

Die Gespräche der Frauen drehten sich allerdings nur um Mode, Kinobesuche und Termine im Haarstudio.

Das letzte Telephonat hatte die Trantow mit Liebig geführt. Am 22. Dezember, neun Uhr dreiundfünfzig.

»Der Bursche war also genau einen Tag vor dem Mord bei der Trantow«, sagte Hofbauer.

»Richtig«, bekräftigte Leineweber. »Wie ihr schon ermittelt habt. Er hat sich mit ihr vergnügt und dann das Handy gestohlen. Es sind noch ein paar weitere Anrufe drauf, aber natürlich ohne Antwort.«

Hofbauer rief eine Schreibkraft in sein Büro und bat sie, die Berichte zu kopieren und nach Fürstenfeldbruck und nach Planegg zu schicken. Und ein weiteres Exemplar auf Kollegin Mauermanns Schreibtisch zu legen. Anita war, wie er erfahren hatte, mit einem anderen Team unterwegs.

»Die Trantow hat gute Geschäfte gemacht«, stellte der LKA-Mann fest, als sie wieder alleine waren. »Sie hat mit den gewissen Herren nicht nur telephoniert.«

Hofbauer schob seinen Stuhl nach hinten, stand auf und ging zum Fenster.

»Ich werde heute abend zu Odysseus gehen«, sagte er und hauchte gegen die Scheibe. »Und ich werde zwei Ouzos trinken. Nein, vielleicht sogar drei.«

»Bravo! Sie seien dir gegönnt.«

Hofbauer drehte sich um.

»Und dann werde ich rauskriegen, wer die Cordes und die Trantow ermordet hat!«

»Wissen wir das noch nicht?«

»Nein.«

»Das ist mir neu.«

»Auch LKA-Leute sind nur Menschen.«

Der Koch war zum Glück wieder anwesend. Er stand in seiner Küche und sang schwermütige Lieder. Odysseus servierte, glücklich, nicht mehr hinter dem Herd stehen zu müssen und sich wieder ausgiebig seinen Freundinnen und Freunden widmen zu können. Nur die müde, von der Decke hängenden Faschingsschlangen störten die traute Harmonie.

Hofbauer hockte vor einem leergegessen Teller Souvlaki mit Zwiebeln, er hatte einen zweiten Ouzo hinter sich und ein drittes Glas Rotwein vor sich.

Er war unzufrieden, trotz des hervorragenden Abendessens. Er ärgerte sich, Ömer Hatil nicht sofort festgenommen zu haben, nachdem er ihn im Haarstudio aufgesucht hatte. Kokainbesitz ist strafbar, Herr Kriminalhauptkommissar!

Er blätterte in der Telephonliste, die er sich mitgenommen hatte, las zum hundertsten Male die gesammelten Ausdrucke der Kripowebsite Salz. Sein Gespür sagte ihm, daß zwischen den banalen Gesprächsfetzen, zwischen den scheinbar nichtssagenden Mails der wahre Mörder zu finden sein mußte.

Er wärmte das Rotweinglas mit seiner Hand, trank die Göttergabe in kleinen, genußreichen Schlücken. Odysseus setzte sich zu ihm, plauderte von seinem Sohn, der ein Mädchen kennengelernt hatte, das angeblich überhaupt nicht zu ihm paßte.

»Das junge Ding sitzt morgens an unserem Kaffeetisch mit fast nichts an. Was sagst du dazu?«

»Freu dich doch!«

»Efxari'sto!«

»Was heißt das?«

»Herzlichen Dank!«

Odysseus fragte, ob Hofbauer schon das Weihnachtsgeschenk von ihm bekommen habe. Was der Kommissar unglücklicherweise verneinte. Denn Odysseus entschuldigte sich tausendmal, stand auf und brachte ein an Schönheit nur schwer zu überbietendes Präsent. Eine in einem Glassturz auf zwei Beinen balancierende Sau, um die sich, zur Musik von »Oh Tannenbaum«, weitere fünf, allerdings wesentlich kleinere Schweine im Kreise drehten.

»Exfari'sto!« stammelte Hofbauer.

Odysseus strahlte. »Gefällt es dir?«

»Und wie.«

Sie tranken ihren Wein, der Kommissar wehrte mit Erfolg die Einladung zu einem oder zwei oder drei weiteren Gläsern ab, indem er bedeutungsvoll mit den Papieren raschelte.

»Ich muß noch arbeiten«, sagte er.

»Typisch deutsch!« antwortete Odysseus.

Der Kommissar blieb noch ein Weilchen sitzen, dann machte er sich auf in seine düstere Wohnung. Dort erwartete ihn ein absolutes Kontrastprogramm.

Vor der Tür saß Bastian. Tief in sich zusammengesunken, in der Haltung eines geschlagenen Köters. Als er seinen Vater sah, wurde er noch ein Stückchen kleiner.

Wortlos öffnete Hofbauer die Tür. Er hatte gar keine Zeit, richtig zu erschrecken. Er nahm seinen Sohn unter den Arm und führte ihn ins Schlafzimmer, legte ihn ins Bett und deckte ihn zu. Er wartete.

»Zurück zum Thema«, sagte Bastian, ohne zu merken, daß sie noch gar nicht miteinander gesprochen hatten. »Ich kann mich momentan nicht konzentrieren, das macht dieses Scheißzeug, das sie mir gegeben haben, am Hauptbahnhof, verstehst du, dort, wo die Junkies die Rolltreppen runterfallen. LSD, verstehst du, und so anderes Zeug.«

»Möchtest du was essen?«

»Ich bin da in so ner Clique, am Bahnhof, sie haben mich akzeptiert, die Jungs, aber ich muß mich erst mal ausschlafen, kann ich bei dir ein warmes Bett kriegen oder so?«

»Du liegst ja bereits in einem Bett.«

Hofbauer fluchte, daß er sich in der Drogenszene so wenig auskannte. Er war noch nie ernsthaft damit befaßt gewesen. Die Idioten der Koksmafia, hinter denen er her war, hätten viel früher ins Drogendezernat gehört. Es war ein Fehler gewesen, mal wieder alles alleine erledigen zu wollen. Er überlegte, ob er den LKA-Mann anrufen sollte.

Aber dann dachte er an die Hochnäsigkeit des Oberkommissars Leineweber und verscheuchte den Gedanken. Bastian und er mußten das alleine bewältigen.

»Was hast du genommen?« fragte er unsicher.

»Sie haben mich angequatscht«, antwortete Bastian, »weil ich noch so jung aussehe, du hast ja keine Ahnung, wie viele Menschen es gibt, die auf sowas stehen.«

»Du bist doch nicht etwa mitgegangen?« Schon als er die Frage ausgesprochen hatte, fand Hofbauer sie unmöglich. Sie war fast so absurd wie der Gedanke daran.

Aber Bastian beruhigte ihn, wenn auch nur kurz. »Ich hab ja genug Kohle für den Stoff. Mama hat mir was gegeben. Aber manche müssen auf Kredit chillen, die sind echt beschissen dran.«

Es war das uralte Klischee. Hofbauer konnte sich ein bitteres Lachen nicht verkneifen: Sohn bekommt keine Zuwendung, Vater hat keine Zeit, Mutter gibt Geld.

»Warum gehst du nicht mit mir zum Eisstockschießen?« murmelte er.

Bastian erzählte was von einem Joe, der gestorben war, vorgestern oder vorvorgestern. Und daß er, Bastian, sich aber jetzt ganz fest entschlossen habe, zwanzig Jahre alt zu werden.

»Hol mich da raus, Papa!«

Er sagte, daß er mit Thekla ausgemacht habe, sich mit ihr zu treffen, weil Thekla Koks mitbringe, und daß er ein Photo von Thekla in so einer kleinen Kapsel drin habe, und die Kapsel sei irgendwo in seinem Hemd.

»Du darfst sie aber nicht verraten, Papa, sie war mit mir bei dieser Fete mit dem Kreuz in der Würm. Und der Gnom war auch dabei.«

»Welcher Gnom?«

»Heroin ist Endstation!«

Hofbauer fischte die Kapsel aus Bastians Hemdtasche und Sekunden, nachdem er den Verschluß geöffnet und einen Blick darauf geworfen hatte, hing er schon am Telephon.

Die Frau auf dem winzig kleinen Photo war Maria Foconi. Und der Gnom und das Kreuz in der Würm, natürlich war es nicht die Würm, das war Quatsch!

Aber Hofbauer wußte jetzt genau, wer die zwei Personen waren, die auf der Telephonliste der Trantow gefehlt hatten.

Zehn Minuten später war Anita zur Stelle.

»Janick ist sauer!« sagte sie. »Und Oliver auch! Aber was tut man nicht alles für Kriminalkommissare, die nicht auf ihre Söhne aufpassen können«

Und sie setzte sich neben Bastian auf einen Stuhl wie eine besorgte, aber strenge Krankenschwester.

Die Villa am Schilfweg 16 war hell erleuchtet.

Sie stiegen aus dem Wagen, schon jetzt die Hand auf dem Futteral der Dienstpistole, jederzeit bereit, in Sekundenschnelle die Waffe zu ziehen.

Irgendwo da unten lag die Votivkapelle, und im See stand das Kreuz, an der Stelle, an der Ludwig II ertrunken war. Hier hatten diese Feten stattgefunden, bei denen alle so wahnsinnig nett zueinander gewesen waren. So unglaublich nett, daß sie sich mit Drogen vollpumpten bis zum finalen Schuß.

Hofbauer ging voraus, der LKA-Mann und Kreuzer hinter ihm. Sie kletterten über die Mauer, liefen den Kiesweg entlang, an den Gewächshäusern vorbei zur Eingangstür. Sie war verschlossen.

Auf einem Sockel, etwa in Mannshöhe, stand eine Schale aus Stein. Aus der Schale wuchs ein kleiner, marmorner Baum. Der Baum trug die Blätter, die sie schon so oft gesehen hatten.

»Na, also!« knurrte Hofbauer.

Sie schlichen um die Villa herum, fanden eine Tür offen, durchsuchten den Parterre und die Zimmer des ersten und zweiten Stocks, vergeblich.

»Okay. Wieder zurück!«

Sie gingen nach unten. Die Treppe zum Keller lag im Dunkeln. Hofbauer stieß die Türe auf, drückte auf den Lichtschalter. Nichts geschah.

Als sie etwa auf halber Höhe angelangt waren, rief eine merkwürdig sanfte Stimme: »Nur hereinspaziert, meine Herrschaften! Sie sind herzlich willkommen.«

Noch ein paar Stufen, dann standen sie vor einer abartigen Szene. Seibold junior saß auf einem Hocker, ein dickes Heft in den Händen. Um ihn herum die Utensilien eines Drogenlabors mit Destillierkolben, Meßbechern, Pipetten. Mit Reibschalen, Kartenblättern, Bunsenbrennern.

Auf mehreren Tischen stapelten sich Türme länglicher Cellophanhüllen, in denen kleine, runde Tabletten lagen. Alle versehen mit dem Stempel des Ginkgo-Blattes.

Auf einem Bett aber lag der Schrat, in einen Labormantel gehüllt. Er war tot.

»Was ist Salz?«

Karl Seibold grinste.

»Das wollten Sie doch schon lange wissen!«

Kreuzer lief hinüber zu dem Alten auf dem Bett. Er suchte nach dem Puls, prüfte die Pupillen. Schüttelte den Kopf.

»Sie kommen zu spät«, sagte Seibold junior.

Plötzlich hatte er drei kleine, rote Bälle zwischen den Fingern seiner rechten Hand. Er ließ die Kugeln verschwinden und wieder erscheinen, verschwinden und wieder erscheinen, fünfmal, sechsmal hintereinander.

Als Hofbauer einen Schritt nähertrat, sagte der Jongleur: »Bemühen Sie sich nicht! Ich laufe nicht weg.«

Noch ehe Hofbauer reagieren konnte, hatte ihm Seibold die roten Kugeln in den Mantel geschoben, blitzschnell.

»Gelernt ist gelernt!«

Der Kommissar solle froh sein, nicht auch noch mit der Eisenfeile Bekanntschaft gemacht zu haben.

»Salz«, lächelte Seibold. »Kleine Päckchen Salz. Ich habe sie der Trantow in die Tasche gesteckt. Und der Cordes auf den Autositz geworfen. Weil ich ein Zeichen setzten wollte. Und weil sie nicht sterben konnten, mit meinen Kügelchen, die winzig klein sind und ganz weiß.«

Und dann erzählte er die Geschichte. Die Geschichte von seinem Vater, der einen Drogenring aufgebaut hatte. Mit Ecstasy und Kokain. Mit Crystal und Crack.

Er erzählte von der Cordes und der Trantow, von Liebig und Hatil, die als Abhängige und Untertanen seines Vaters die Menschen ihrerseits abhängig und untertan gemacht hatten. Mit dem Verkauf der Drogen. Und die deshalb sterben mußten, zur Strafe. Von seiner, Karl Seibolds Hand. »Mehr oder weniger«, wie er bedauernd hinzufügte.

»Perfekt sollten sie sterben! Durch Salz! Ich setze Energien frei, Botschaften, die töten können! In einer Potenzierung von eins zu hunderttausend!«

Karl Seibold lächelte erneut.

»Kaugummi kauen, Stoff inhalieren! Papa hat sich beinahe den Bart abgefressen! Und er hat sich umgebracht. Mit einem hübschen, wohlschmeckenden Drogencocktail. Salz, meine Herrschaften, Natrium muriaticum, eins zu hunderttausend, in galaktischer Verstärkung, verursacht eine schwere, tödliche Sepsis.«

Das Lächeln ging über in ein Grinsen.

»Auf die Dosierung kommt es an. Die Versuchsperson reagiert mit hohem Fieber, sie bekommt Schüttelfrost, ihr ganzer Körper wird nach und nach vergiftet, erst langsam, dann immer schneller. Und schließlich folgt, selten, meine

Herrschaften, sehr selten, aber immerhin, ein hübscher Selbstmord!«

Er berichtete von dem Mißgeschick, daß sein Experiment bei der Cordes und der Trantow leider nicht geglückt sei. Die beiden seien doch nicht so ganz passend gewesen, vom Typ her. Und daß er, Karl Seibold, deswegen zu herkömmlichen Methoden habe greifen müssen.

Die Kriminaler sahen sich an.

Der Mann war verrückt, gar keine Frage. Er schilderte seine Verbrechen ruhig und gelassen, ohne innere Regung.

Er begann, einen Vortrag über Nanometrie und kleinste Teilchen zu halten, über geistige Botschaften und die segensreiche Wirkung der Homöopathie.

»Ich meine das durchaus ehrlich, meine Herren, segensreich, jawohl! Aber dieses eine Promille, das tödlich wirken kann, perfekt dosiert, das eben gehört mir! Mir ganz allein!«

Da griffen sie zu.

Karl Seibold ließ die Prozedur fast heiter über sich ergehen. Er reichte Hofbauer das dicke Heft.

»Mein Tagebuch«, sagte er. »Ich habe alles minutiös festgehalten. Die Foconi«, er bedauerte es zutiefst, »ist mir leider durch die Lappen gegangen.«

Tags darauf wurde Hägele entlassen. Er reagierte mit wüsten Drohungen und einem Tobsuchtsanfall.

Die Foconi kam in U-Haft. Sie hatte nicht die geringsten Chancen, ähnlich frühzeitig wie Hägele wieder in Freiheit zu gelangen. Drogenbesitz, Mitglied einer kriminellen Vereinigung, das genügte.

Hofbauer saß in seinem Büro und studierte Karl Seibolds Aufzeichnungen. Sie kamen einem soliden Geständnis gleich.

Seibold junior hatte nach dem Mord an der Cordes das Handy seines Opfers an sich genommen, um die Interna des

Drogenkartells in Erfahrung zu bringen. Seine ganz speziellen Globuli hatte er den Frauen in den Schampus geworfen, immer dann, wenn man sich im väterlichen Labor getroffen hatte. Zur Warenausgabe, wie er zynisch vermerkte.

Die E-Mails, die unter dem Namen Kyffhäuser an die Kripo gelangt waren, stammten ebenfalls von Seibold junior.

Die Soko Salz mußte zugeben, daß es ihr nicht gelungen war, die mehr als deutlichen Botschaften dieser Mails auch nur ansatzweise zu entschlüsseln.

1 zu 100.000 ist nicht 1 zu Starnberger See!

Sie waren blind gewesen, daran gab es nichts zu rütteln.

Hofbauer stand auf und besorgte sich den üblichen Kaffee.

Karl Seibolds Botschaften waren klar und präzise. Es drängte diesen Menschen förmlich dazu, entdeckt zu werden. Bei seiner Festnahme war er sichtlich erleichtert gewesen.

Auch die Foconi, überlegte Hofbauer, hatte ihm Zeichen gegeben: Das Muster auf dem Cappuccino! Und das Blatt in dem Briefumschlag. Stammte es ebenfalls von ihr? Hatte sie gewußt, daß Bastian der Sohn des Kommissars Hofbauer war? Hatte sie plötzlich Skrupel bekommen?

Tödliches Salz. Er hatte mit dem Gerichtsmediziner gesprochen, der es für gänzlich ausgeschlossen hielt, mit irgendeinem Homöopathie-Scheiß eine Wirkung erzielen zu können.

Völlig anders dagegen die Meinung des Naturheilpraktikers, der in der Perlacher Straße seine Zelte aufgeschlagen hatte. »Homöopathie kann heilen«, sagte der Mann, »sie kann aber auch, wenn man es beabsichtigt, katastrophale Folgen haben!«

»Was zu beweisen war«, murmelte der Kommissar.

So lauteten auch die abschließenden Worte der letzten Tagebucheintragung Karl Seibolds: »Was zu beweisen war!« Und darunter stand in großen Buchstaben sein Lieblingswort: »PERFEKT!«

Hofbauer saß vor seinem Computer. Er bastelte am Schlußbericht des Falls Cordes/Trantow, der tödliche Wellen geschlagen hatte, über die Würm und den Starnberger See hinaus.

Er hatte sich vorgenommen, vierzehn Tage lang in Urlaub zu gehen.

Hofbauer mußte sich um Bastian kümmern, der Junge war froh, gerade nochmal die Kurve gekratzt zu haben. Der Vater fühlte sich nicht minder glücklich. Und er dachte darüber nach, wie oft er sich schon um seinen Sohn gekümmert hatte. Mit mäßigem Erfolg. Er würde es immer wieder versuchen, da war er sich ganz sicher.

Hofbauer nippte an dem Kaffee, packte seine morgendlichen Salzbrezeln aus.

Er betrachtete sie mit ganz neuen Augen.